活版印刷三日月堂

星星的书签

[日]星绪早苗 著　周龙梅 译

北京联合出版公司

目 录

世界是一座森林 1

八月的杯垫 75

星星的书签 147

独一无二的铅字 237

译后记 珍藏回忆的使命 341

世界是一座森林

1

下班后，我在更衣室换运动服。

"阿春姐，准备好了吗？"

门外传来柚原小姐的声音。她先下班，大概已经换好了衣服。我走出更衣室，只见她的长发扎到比上班时更高的位置，她跑步的时候总是这样。我的眼球又被她这身第一次穿的紫红色图案的防风运动装吸引了。

"咦，柚原小姐，你这身衣服，是不是新买的？"

"对。前几天买的。跑步渐渐成了习惯，我想还是应该穿像样儿的衣服。"

"挺好的，很漂亮。"

"是吗？嘿嘿。"

柚原小姐个子很高。虽然三十多岁了，但身材保养得很好，人看上去也显得年轻，所以常常会被误认为才二十几岁。她总是打扮入时，像个模特儿。我上班的地方是川越物流公司一番街[1]营业所。公司正对着川越观光中心和一番街。这一带传统的藏造土墙建筑鳞次栉比。我们公司的房子也是一座传统的藏造土墙建筑。创始人原来是明治时创建的大米批发店的老板，米店关闭后，才开始经营物流公司。货物运送仅限于市内，但由于比全国发送的物流公司便宜、快捷，而且可以根据顾客的要求随机应变，所以生意很兴隆。

几年前，川越观光问讯处也在这里落户，还开设了一家直销店，每周定期轮换着介绍川越各家商店的商品。柚原小姐是那里的职员，精通英语，面对这些年迅猛增长的外国游客，她可以一个人应对自如。

我系好鞋带，来到外面。观光问讯处的兼

---

[1] 一号大街，一般是该城镇最繁华、最重要的街道。

职生大西也在外面。大西是一个正在读研究生的细高个儿男生。柚原小姐说他是目前流行的草食系男生。他擅长拍照片和用电脑写文章，所以观光问讯处的博客都是大西操作管理，而且好像相当有人气。

"这个时间点，都没什么人了。"

柚原小姐说。到了三月，白天虽然一点点变长，但一过六点，天全黑了。白天熙熙攘攘的川越街道，到了这个时间，游客寥寥无几。

我们三个人来到"时钟"前面一看，葛城先生已经到了。葛城先生四十出头，经营一家玻璃器皿商店兼作坊，一边卖自己制作的玻璃器皿，一边为游客开办制作玻璃器皿的体验作坊，是一家人气店。

"哟，柚原小姐，穿搭好漂亮啊。不愧是一番街的麦当娜。"

葛城先生用洪亮的声音说完，哈哈大笑起来。

"别瞎说了，麦当娜都是什么时候的人了？！"

葛城先生一唱起麦当娜的老歌，柚原小姐就会显出很扫兴的样子。外表虽然很像个模特，但柚原小姐性格爽朗豁达。两人虽然整天吵吵闹闹，实际上她与葛城先生很默契。去喝酒的时候，两个人唱起卡拉OK，谁也拦不住。

"好了，跑吧。"

稍微活动了一下后，葛城先生说。

从大钟下面顺着撞钟大道一直跑，穿过三芳神社，再沿河跑一圈，全程六公里。这是最近的一条固定路线。我们几个成员一起跑，已经三个月了。最开始只有我一个人。这几年缺乏运动，我胖了许多。这样下去，儿子高中毕业典礼和大学入学仪式的时候，套装裙恐怕会不合身。因此我决定下班后跑步。

坚持了一段时间后，柚原小姐说，她也想一起跑。不久，葛城先生也加入队伍。柚原小姐又叫上了大西……就这样，不知不觉变成了四个人。

"我听说森太郎考上大学了？恭喜恭喜。"

葛城先生边跑边说。

"说是森林科学专业?真了不起,能自己决定自己的路。"柚原小姐感叹地说。

"没你说的那么夸张……"

我不好意思地笑着回答。实际上,对这件事,我还是会想,不是自夸,我儿子真的是我的骄傲。

我儿子森太郎,从小就喜欢山。小学已经爬过好几次山了。读高中时,又参加了登山部。在填大学志愿时也是,最终还是选了森林科学专业。当然不是在东京,而是北海道大学。跟随高中课外社团去北海道登山时,他在山上认识了北海道大学登山部的人。他很想参加那里的登山部,这好像也是报考动机之一。看来他将来想从事自然保护官的工作。

"太优秀了。我决定上大学的时候,完全没有考虑职业的问题。四年都是玩过来的……也可以说,只是想积累各种经验。"

柚原小姐说。

"现在的年轻人更认真了。跟我们那时候

完全不同。"

"什么我们？……别把我们跟你相提并论扯在一起。我们年龄根本不同。"

听了葛城先生的话，柚原小姐愤愤地说。

"总之，上大学的目的明确，就是很了不起。"

大西说话了。

"而且是森林科学，多棒啊。"

柚原小姐抬头望了望夜空。

"啊，阿春也许会感到冷清。"

葛城先生用一种很搞笑的语气说。

"哪里，我要加倍享受一个人的生活。我终于可以自由了。"

我笑着打哈哈。

"你又在说大话了。"

葛城先生"砰砰"拍了拍我的肩膀。

的确，丈夫死后，一直是我们两个人一起生活。森太郎如果不在了，我就要一个人生活了。不过，如果问我会不会觉得冷清，我还想象不出来。以前，森太郎去集训或修学旅行而不在家的情况也已经有过多次。但是，一旦上了大学，就会四年不回来了，然后就这么就职的话，也许再也不会回来这里了。也就是说，一起生活的时间只剩下不到一个月了。

欸，一个月？这个数字猛然变成现实向我逼近，我跟跄了一下，不禁放慢了脚步。前不久还为儿子高考能否合格焦头烂额，根本没有意识到这些。

"不好了不好了，阿春不说话了。"

葛城先生观察着我的脸色。

"还不都是因为葛城先生说的话。"

柚原小姐瞪着葛城先生。

"没问题的，森太郎跟妈妈很亲的。阿春姐今后还有新的人生，还可以尝试各种事情啊。对吧？"

"对啊对啊，有好多要做的事情呢。"

我和柚原小姐一起笑了。

2

"咦?"

绕着小城的街道跑了一周,马上就要回到一番街的时候,大西停住了脚步。

"那里,亮着灯呢。"

"欸?"

我看了看大西指的方向,是鸦山神社斜对面的白色建筑。

"三日月堂?"[1]

我嘀咕了一句。

"三日月堂?是那里吗?还有那么一家店吗?"

---

[1] 三日月是阴历初三的月亮,新月、月牙的意思。

柚原小姐歪着头问。

"过去营业过,三日月堂印刷厂,那座四方形的建筑就是。昭和初期开办的老式印刷厂,为小镇的人们制作名片和贺年卡。"

"噢——"

葛城先生盯着白色建筑物看了又看。

"不过,那里一直是空房子吧?"

大西说。

"嗯,大约是五年前关闭的。店主上了年纪……后来店主夫妇都去世了,一直空着。"

"五年前……我还没来这里上班呢。"

柚原小姐说。

"那为什么会亮着灯呢?"

大西说。房子里面的确点着灯。

"会不会是有新的住户搬进来了?"

然而之前完全没有察觉。本来这里就是一条很窄的小路,我们很少经过这里,跑步时也总是沿着对面那条大路跑。今天是因为柚原小姐很偶然地说想拐进这条小路看看,才改变了路线。

"不过，这里不是普通住家，是印刷厂哦。店主夫妇虽然在这里居住过，但房子是一个街道小厂的结构……"

我百思不解。

"这样的话，会不会是要改造成别的什么店铺？"

"确实，在川越这种情况有很多。我那里原来也是家大酱店。"

葛城先生说。在川越把老建筑改装成新店铺的情况不足为奇。不仅是传统的藏造土墙建筑和西式房屋，就连这种富有昭和情调的建筑，也被一座又一座地改建成了咖啡店或画廊。

"不过，没看到有人在里面营业啊？"

大西嘀咕着。商业性质和新店铺确定之后，总会有消息传开，可这些都没有。

"怎么回事呢？不会是小偷或不良分子聚集在里面吧？"

葛城先生走近查看。

"不会吧？不会有小偷点着灯偷东西的。

奇怪呀，如果是空房子，也不会有电呀。里面通着电呢，说明有新搬进来的人家吧？"

柚原小姐也跟在葛城先生后面。

"那倒也是。"

葛城先生正要朝里面张望，门突然开了。

"哇！"

葛城先生大叫了一声，猛地朝后退去，结果"咚"的一下与柚原小姐撞了个满怀。

"呀！"

柚原小姐短短地哀鸣了一声。

"怎么了？"

从里面出来的女子问。她人很年轻，穿着旧风衣和牛仔裤，齐肩的直发扎在脑后。

那人的面孔让我觉得眼熟。我不禁紧盯着她看，在哪里见过呢……

"你不会是弓子小姐吧？"

听我一说，女子也猛然睁大眼睛。

"阿春姐……"

"原来就是弓子小姐啊。"

"好久不见。"

女子说完，深深地鞠了一躬。

"那个，这位是——"

葛城先生问道。

"啊，不好意思。这位是弓子小姐，是这家的孙女。"

"是吗？对不起。我们在您家前面转来转去，见空房子里面点着灯，不放心，就……"

葛城先生挠了挠头。

"不，应该是我说对不起。我是三天前才搬到这里来的。"

弓子小姐说。低沉含蓄的声音，跟以前比没有改变。

"是这么回事啊。弓子小姐一直住在别处。不过，上大学时，休息日还经常来这里住，对吧？"

"嗯，是的。"

弓子小姐点点头。

"因为……各种原因，我一个人来这里住了。"

一个人？从年龄来看，自立了也没有奇怪

的。但是，这座房子原来是印刷厂，大部分是工厂构造，是不适合女孩子一个人生活的。为什么要一个人住在这里呢？也许是考虑到经济问题，或者其他什么原因？

"阿春姐是……现在还在川越物流公司工作吗？"

弓子小姐看了看我们。

"是啊。我现在在一番街营业所当所长。最近下班后，经常跟这几个成员一起跑步。"

"噢，是这样啊。您还是那么精力充沛啊。"

弓子小姐呵呵笑了。

"不是的。年纪大了，身体出了毛病……而且胖得不得了，这样下去，衣服都穿不了……"

葛城先生他们在后面发出"扑哧扑哧"的笑声。

"等你安排好了，我会再来的。对了对了，最近我们那幢房子里，设立了一个观光问讯处，这两位就在那个问讯处工作。另外还有一个川越特产直销店，你有空儿来看看吧。"

"知道了。那——"

"什么？"

"啊，不……没什么。我再去找您吧。"

弓子小姐连连点了几下头。刚才她想说什么？我有点在意，但还是寒暄了几句就告辞了。

我和柚原小姐他们回到营业所换好衣服后，就回到了家里。家里没有人。森太郎说他今天和朋友一起吃饭，所以不需要准备他的晚饭。他们最近似乎是在准备高中社团的送别会。我"啪"的一下打开电灯，从冰箱里取出做好的奶油炖菜，放到火上加热。

一个人。从四月份开始，将天天如此。

"的确有些寂寞。"

一个人的自语在屋子里回荡。没有回音。一个人的情景清晰浮现，不禁备感寂寥。我不由得摇了摇头。不行，不行。现在就这样，未来可想而知。

奶油炖菜咕嘟咕嘟发出声响。装到大碗里，端到餐桌上，热气腾起。用牛蒡、莲藕、红薯加上牛奶烹饪而成的奶油炖菜，一股根菜的香味儿。

我又想起来……弓子小姐为什么住在那里呢？脑海里朦朦胧胧浮现出弓子小姐刚才的样子。

最初见到弓子小姐，是她上小学之前了。我大学毕业后，刚进川越物流公司工作。那是一天下班后回家路上的事。因为父母家就在鸦山神社再往前走的一段路上，那天，我在那狭窄的小路上走着。前面有一个小女孩，跟在大概是她父亲的男人身后。因为不时地走走停停，小女孩与父亲之间的距离逐渐拉开。

"弓子，快点儿。"

走在前面的父亲叫道。小女孩猛然醒悟似的跑了起来。这时，小女孩拿在手里的一个东西掉落了，看上去像是一个小小的钥匙圈。我跑过去拾起它，是一个亮晶晶的星星钥匙圈。

"东西掉了哟。"

我在后面冲女孩喊了一声。女孩回过头来，

看到我手里的钥匙圈,猛跑过来。

"太好了。"

小女孩握住钥匙圈。

"弓子,说谢谢了吗?"

从前面走过来的父亲说。

"谢谢。"

小女孩结结巴巴地说。

"太好了,不要再弄丢了哦。"

听我一说,小女孩十分爱惜地摸了摸钥匙圈。

"这是我的宝贝,"小女孩望着钥匙圈说,"是以前妈妈在天文馆给我买的。那时妈妈还在呢。"

"那时候?"

我不经意地这么问了一句。不知小女孩说的"那时候"是什么意思。

"我妈妈死了。"

小女孩很平淡地说。

"欸?"

死了?……我望着年幼的女孩的侧脸。

"是真的,已经去世了。一年前。"

小女孩的父亲也很淡定地说。不会吧?我想。

"所以,我在爷爷家呢。从那里去幼儿园。"

小女孩望着我,爽快地说。

"她寄养在爷爷奶奶家。我只是周末才来这里。"

父亲苦笑了一下。这是个不可思议的人,乱蓬蓬的头发,不像是一般的公司职员。

我不知道说什么好了。他们两人都表现得淡淡的,对母亲的死,说得像理所当然发生了的事情。但是,作为外人的我,如果触及此事,就不合适了。因此,我沉默起来。

"那是我父亲的家。"

父亲指着一座白色的建筑。

"是三日月堂吗?"我问。

"是的,你知道吗?"

"知道的。"我从上初中起,就渴望能得到那些印着人名的信笺套装。高中毕业时,还特意让父母给我定制了一套。

三日月堂的信笺套装，那是女孩们都渴望得到的物品。新月上落着一只乌鸦的三日月堂商标，极具神秘色彩。每一张信纸和信封上面都印着自己的名字。用活版印刷的油墨色彩还可以自选。黑色、藏蓝色、金色、银色、深绿色、茶色、深灰色、淡蓝色……颜色多种多样，可以任意选择。

"是吗？真有人用啊，我好高兴。"

父亲满意地笑了。

"好了，弓子，回家吧。跟大姐姐说再见。"

"谢谢大姐姐。再见。"

小女孩用清晰的声音说完后，低头鞠了个躬，之后俩人就进到三日月堂里面去了。

弓子小姐后来也在三日月堂住了一段时间。她父亲好像是在横滨做高中老师。可能从川越通勤太困难了吧，他一个人无法照顾小孩，所以把弓子小姐寄养在爷爷家里，好像只在周末来这边生活。

也许是因为祖母的身体欠佳，小学二年级的时候，弓子小姐又搬回到了父亲的家。尽管如此，她还是常常到三日月堂这边来。我每年能和她见上几面。这期间，我也结了婚，生了森太郎……

我深深叹了一口气。丈夫死的时候森太郎才四岁。在旅行社上班的丈夫，因公在国外遭遇事故死了。我父亲已离世，只身一人的母亲去了外地的哥哥家里。所以，只有我一个人抚养孩子。我并不讨厌工作，跟森太郎在一起的日子也很幸福。但是，体力上的确感觉很辛苦。

下班后去幼儿园接了森太郎，经过三日月堂前面的时候，我经常会想起第一次见到弓子小姐他们的情景。

"我妈妈死了。"

淡淡地说这些的弓子小姐，与当时的森太郎差不多大。如果别人问起森太郎父亲的事，森太郎会怎么回答呢？也一定会与那时的弓子小姐一样，平淡地回答吧？也只有那么做。我肯定也会平淡地回答，像当时弓子小姐的父亲一样。

不过，并不是只有那么做，就没问题了。那时的那个人，一定也是百感交集，心潮澎湃。然而那时候的我还年轻，什么都不懂。

大学时代，弓子小姐也经常来三日月堂打零工，帮印刷厂做些事情。当时，由于受到数码化的冲击，老式手法的活版印刷渐渐落伍，工作量也大大减少。尽管如此，仍然有人说，还是三日月堂的印刷有情趣。从店铺前面经过时，还可以看到弓子小姐操纵印刷机的身影。后来，三日月堂关闭了。祖父、祖母相继去世……最近几年我都没有见到弓子小姐的身影。

然而，为什么现在又回到那个家来住了呢？是因为工作地点离川越近了吗？

"我回来了！"

大门口传来声音。是森太郎。

"你回来了。"

"肚子饿了。有什么吃的吗？"

"欸，你不是说跟朋友们一起吃饭吗？"

"没有。要做的事情太多，结果没有时间

吃饭了。啊,这不是有奶油炖菜吗?"

森太郎看了一下锅里说。

"这个就可以的话,我给你弄。你去洗手,收拾一下。"

"好的好的。"

儿子弓着腰走到了走廊里。他好像个子又长高了。虽然身体还很单薄瘦长,但个子比死去的丈夫还要高。儿子长大了。我望着他的背影,"扑哧"一声笑了。

3

过了几天，弓子小姐往营业所打来电话。她好像要找工作，说搬过来之后，很快就看到川越物流公司招聘临时工的广告。上次见面时话说了一半停下来，就是想问问这件事。询问了一下情况之后，我立即决定让她当天下午来面试。

根据简历来看，弓子小姐二十八岁。直到去年春天，她一直在一家公伤保险公司做事务员。那之后职业栏里将近有一年是空白的。看来她好像不太好说是由于家庭的原因，所以，我也就没有再深究。她讲话稳重，能准确把握我提问的内容，简洁地作答。她对川越的街道十分熟悉，对地名和场所也了如指掌，于是我决定录用她。

第二周的星期一早晨，弓子小姐来上班了。我让她换上连体工作服，想不到她穿着很合适。虽然是没有化过妆的样子，但她皮肤光洁，穿上男性化的工作服后不可思议地带点儿可爱的氛围。我先让她仔细阅读接电话的指导手册，然后又说明了如何整理账单和发票。她掌握得很快，于是我决定让她下午就开始实际接电话。

"喂，这里是川越物流公司一番街营业所。"

传来弓子小姐接电话的声音。声音略显含蓄低沉，但是很有穿透力。应答也无可挑剔，语气沉着淡定，懂得复述一遍对方的话语。

"没问题。订货单也写得很清楚。"

我确认了一下弓子小姐拿来的订货单，这样说道。

"太好了。我好久没有工作了，好紧张啊。"

弓子小姐一副表情放松了的样子，高兴地笑了。

营业所后面有一个小小的中庭，也就是后花园。中庭从建造这幢房子的时候就有，小水池周围种着树。对着这个中庭的小屋，是职员们休息的地方。我基本上每天都在这里吃盒饭。这里有四季盛开的鲜花，射进来的阳光映在水池上，一闪一闪地摇曳着……每天眺望着这里，心情会变得幸福愉悦。

午休时间来到小屋一看，先来这里休息的弓子小姐已经在收拾饭盒了。

"啊，对不起。园子太美了，我在这里发呆呢。"

弓子小姐连忙站起来。

"没事的。这个小屋里也有分机，可以接电话的。"

我一边把盒饭放到桌子上，一边回答说。

"而且，我明白哦。这个园子的确很美，我也是每次都这么觉得。哪怕每天都来看，已经看了几年了，仍然觉得每天都很美。"

"这样啊。"弓子小姐说了一句，"阿春姐每天都带盒饭吗？"

"是的。每天早上要给儿子做盒饭,就一起做了。唉,不过这种日子,到这个月也就结束了。"

"为什么呢?"

弓子小姐歪了歪头。

"儿子高中毕业,从四月份起就是大学生了,要去北海道。"

"是这样啊。"

弓子小姐茫然地望着天花板。

"说是想学森林科学。他喜欢山,好像说北海道大学有一个他想参加的登山部。"

"山……真好。"

弓子小姐微微笑了笑。我想,这真是个不可思议的人。一般听说"要去北海道的大学上学",多半会问"为什么选择去那么远的地方",但是弓子小姐似乎很自然地就接受了。

"那我回店里去了。"

弓子小姐说完,拿着饭盒站了起来。

望着弓子小姐的背影,我想起三日月堂的

事。高中毕业时，我请父母给我定制了一套三日月堂的信笺套装。信纸和信封的每一页上都印着我的名字。我高兴得不得了，觉得用了很可惜，所以不舍得用。

对了，用它来做祝贺森太郎高中毕业的纪念怎么样？我一直在想买什么好，可迟迟定不下来。首先高中的男孩子喜欢什么，我根本不知道。真想送他一件值得纪念的毕业礼物啊。

"啊，阿春姐。"

传来柚原小姐的声音。

"你今天吃盒饭？"

"在外面买来的。一直很想尝尝这种盒饭，糯米小豆饭。"

柚原小姐哼着歌，从超市塑料袋里拿出盒饭。

"喂，柚原小姐。男孩子收到什么样的礼物会高兴？"

我问在倒茶的柚原小姐。

"男孩子，是森太郎的事吗？"

"对对。毕业礼物，我不知道该选什么好。"

"这样啊——那么大的男孩……的确不晓得诶。高中毕业礼物,我收到了钢笔,可是现在怎么样呢?大家都改成电脑和智能手机了。"

柚原小姐歪了歪头。

"阿春姐是什么?"

"我呀,是三日月堂的信笺套装。"

"三日月堂,弓子小姐的?……你这么一说我想起来了,上次不是说了吗,那里是印刷厂。"

柚原小姐把一大口糯米小豆饭放进嘴里。

"是的。我在三日月堂定制过一套印着名字的信笺。我身边的女孩都很羡慕那个哟。三日月堂的商标也很酷……一只落在新月上的乌鸦的剪影。"

"那女孩子的确会很着迷的。不过,现在怎么样呢?大家还会写信吗?而且是男孩子,我觉得就更不会写信了……"

"是啊。"

"啊,问问大西吧。他是大学生,年龄也相仿。我去把他叫来。"

柚原小姐起身，跑到店里去了。

"毕业礼物？"大西说，"嗯，我是笔盒。"

"笔盒？那种东西，还有人在用啊。我还以为年轻人都只用智能手机呢。"

柚原小姐歪了歪脑袋。

"经常用的。上课要记笔记，还有考试的时候。"

"是吗？说得是呀。那钢笔还有用吧？"

"我最喜欢用了。写起字来绝对舒服。"

大西高兴地说。

"不管怎么说，信笺套装肯定不会用了吧？"

"信笺套装？"

大西瞪大了眼珠。

"我收到父母送我的毕业礼物是信笺套装。就是在那个三日月堂定制的，印着名字的信笺套装。"

"印着名字……"

"是的。很久以前了，用活版印刷……"

"而且是活版印刷？太棒了。"

不知为何，大西是一种兴奋不已的语气。

"说起来，我是个文具迷……如果能收到印着名字，而且是活版印刷的信笺套装，我会超感动的！"

"哇，是吗？"

柚原小姐很惊讶的样子。

"那当然了。活版印刷富有独特的质感，会让人着迷的。"

"哦，是这样啊。不过，那个'活版印刷'是怎么回事啊？跟一般的印刷有什么不同？"

"是老式的印刷方法。喏，现在不是只要把字输入电脑里，字迹就可以自动印出来了吗？可是，过去没有这些东西，所以要把一种叫'铅字'，像小图章一样的东西一个一个地排好，放入板框里，涂上油墨印刷的。"

"不会吧？原来是这样啊，过去只能这样……"

"嗯，虽然现在很少有活版印刷工厂了，但还是有一小群粉丝哟。说是活版印刷有一种现在的印刷所不具备的质感。"

"但是，森太郎好像不是这种类型的人吧？

他喜欢登山。要说他属于哪一类……应该是户外运动类型吧?"

"不过,这样的人说不定会意外地喜欢呢。山里不是会有信号不好的时候吗?所以,一般网民都不会去那种地方。但喜欢山的人,应该是更喜欢原始技术的人吧?"

也不知有什么依据,大西很有自信地说。

"不是……这有点儿太牵强了吧?"

柚原小姐笑了。

"不会的。而且,本来爱好文具就是男人的文化嘛,无论是钢笔还是本子。"

"不管怎么说,三日月堂现在已经不生产了。"

"是吗?那里有几台老式的活版印刷机吧,我一直念念不忘呢。"

大西自言自语。

"那里五年前还在营业哟。"

"机器已经处理掉了吧?"

"还在。那种机器,要想扔,除非拆毁房子,连机器一起处理。"

"那,你问问弓子小姐本人?"

柚原小姐说。

"那就这样。"

大西话音未落,就走出了小屋。我也有点儿想知道详细情况,便跟在大西后面,回到了营业所。

"你是问印刷机吗?还在啊。"

听到大西这么问,弓子小姐脸上露出一种理所当然的表情。

"真的吗?铅字呢?"

"全都在。跟印刷厂运转的时候没有什么两样。"

"真的吗?"

"铅字是工业废料,一般不能随便扔的。印刷机处理也需要费用,所以就那么一直放着……"

"我想看看那个。"大西紧追不舍地说,"我对活版印刷有点儿感兴趣。一直想看看铅字摆着的地方。"

弓子小姐露出不可思议的神情。

"这，这……只是看看的话，什么时候都可以……不过，那里很乱，我得收拾一下，毕竟这五年一直没管过。"

大概是在踌躇吧？弓子小姐的眼珠滴溜滴溜转。

"我也想看看。"

我在大西身后说。

"是吗？明白了。随时都可以的。"

"今天怎么样？我下班后一般只跑跑步。"

大西看了看我。

"是啊，正好今天葛城先生说他有什么事情，那跑步就暂停一天吧。"

"那样的话，我也去看看吧。"

传来柚原小姐的声音。

4

"这是——"

刚进三日月堂,大西便叫了一声。然后一动不动站在那里,呆呆地环视着四周。

"太厉害了。"

柚原小姐也惊叹了一声。三日月堂没有变。打开门,迎面就是整面墙的铅字架。四面墙壁全被铅字架遮住,几乎顶到门楣和天花板上。到处是摆满铅字的架子,还有那台带一个大齿轮,足有一辆小轿车那么大的印刷机……

"这是印刷机吧?能运转吗?"

大西问弓子小姐。

"应该还可以。五年前关闭这里时,大致

维护过一次。不过这是电动式的，所以不开动不知道。"

弓子小姐抚摸了一下漆黑的机器。

"维护……是弓子小姐做的吗？"

柚原小姐问。

"是的。"

弓子小姐点点头。

"太厉害了，能维护这样的机器。"

柚原小姐和大西都惊呆了。

"弓子小姐大学时代经常在这里帮忙吗？"

"嗯，经常来打工。"

"那就是说，弓子小姐会使用这里的机器？"

大西问。

"欸，嗯——"弓子小姐踌躇着点点头，"这台大机器，我没有一个人操作过，都是爷爷使用时我帮忙。不过，如果是那边的那些机器和手动式平压印刷机的话——"

"手动式平压印刷机？"

"那个。"

弓子小姐指了指里面的一台机器，上面有

一个圆盘，是一台很老式的机器。

"那台的话，现在能印刷吗？"

"立即的话恐怕不行，一直都没有使用过，要稍微调整一下才……"

弓子小姐对大西那股兴冲冲的劲头有些胆怯。

"是吗？不过，好想看看啊。"

"不知能不能印出像样的东西来，不过启动一下，我想是可以的。这完全是手动，不需要其他动力。"

"真的吗？太棒了。"

大西微微挥了挥拳头。

"油墨不知怎么样了？"

弓子小姐从柜子里取出油墨罐，打开盖子，然后用一个刮刀似的东西插进罐子里，搅和了几下。

"这样的话……上面虽然凝固了，但下面还可以使用。"

说完，她把机器的控制杆压下、抬起，反复操作了几次。

"可以转动的啊。"

大西细细查看机器。

"嗯。不过,问题在于这个油墨滚筒。"

弓子小姐说。

"滚筒?"

"嗯,摊平油墨的滚筒。因为是树脂做的,所以会老化。如果裂了缝的话,油墨就无法均匀地摊平了。"

弓子小姐凝神专注地看着滚筒。

"只是这么看看的话,还是不太清楚。"

"那就印印试试?"

大西说。

"对哦。不过,印什么呢?"

弓子小姐环视了一下周围。

"信笺套装。"

柚原小姐说。

"信笺套装?"

"阿春姐儿子高三了,她还没有决定给儿子送什么毕业礼物好。后来说到,以前阿春姐收到过的礼物是三日月堂印着名字的信笺套装。"

柚原小姐代替我回答了。

"啊，那个是热门商品。阿春姐也有啊。很多人都用过。我好高兴啊。"

——是吗？真的有人用。我好高兴。

我回想起第一次见到他们时弓子小姐父亲说的话。

"如果是那种信笺套装的话，纸笺的尺寸很小，所以这台机器就可以印。您儿子的名字叫……"

"市仓森太郎。"

弓子小姐站到铅字架前面，从上往下逐一查看。

"啊，找到了。这就是信封的模具。"

弓子小姐把一个用绳子捆着的金属块抽了出来。

"剩下就是拣好铅字，安装到这里，就可以印刷了。"

"真的吗？太厉害了。拣……铅字……"

大西眼睛放光了。

"不过，要怎么找呢？好像无从下手……"

柚原小姐扫了一眼铅字架。

"文字全部是按部首和笔画排列的，跟汉和辞典一样。"弓子小姐说，"嗯，先是市，市的话……"

她很老练地在架子前面移来移去，挑出铅字。

"文字，真多啊。"

我叹了一口气。

"这里文字是以'铅字'这种物体的形式排列着，所以显得更多。"

弓子小姐微微笑了笑。平时读报纸和杂志的时候，文字是以某种含义排列着，所以从来没有意识到它们是一个一个独立的"物体"。但是，在这里……

弓子小姐手里拿着一个浅木箱，在架子前面移来移去。

不知为何，我忽然想起在考虑森太郎名字时的事情。当时和丈夫想了几个方案，可怎么也定不下来。有些意思不错，可看上去的感觉不太如意，有些笔画数不太吉利……其实也许是因为害怕一次敲定吧。一次敲定，就要放弃别的名字。放弃其他可能性，只选取一种命运。这令我感到畏惧。

"铅字，齐了。"

传来弓子小姐的声音。箱子里有五个铅字。我抓起一个一看，是一个"森"字。

我猛地一怔。小金属块的硬光，使我心里一下子变得寂然无声。

"您怎么了？"

弓子小姐问。

"我想起了决定儿子名字时的事。那之前犹豫来犹豫去，怎么也定不下来，当'森太郎'的方案出来时，不知为什么，突然就觉得这个名字好，丈夫和我都觉得好。所以两人都说，就是这个了，就定这个名字了。"

弓子小姐微笑着俯视铅字。

那时，我们放弃了其他所有的字，选择了森太郎这个名字。当看到出生的孩子时，我心想，啊，还是这个名字好。这个名字很合适他。

为什么犹豫了那么久,简直不敢相信。

弓子小姐把拣好的铅字按顺序放进板框里,然后用螺栓固定好,安装到印刷机上,再往圆盘上抹上油墨,使劲拉下控制杆。

"动了!"

大西叫了一声。滚筒在圆盘上滚来滚去,油墨摊开了。

"那就试着印吧。"

弓子小姐从柜子里取出纸来,放到印刷机上,然后使劲儿拉下控制杆。滚筒贴近排版,纸被牢牢压住了。

"啊,印出来了!"

大西叫了一声。用同一张纸印了几次之后,弓子小姐把信封安装在印刷机上面。

"咦,就这样?……"

大西看了看弓子小姐。

"嗯,从上面像按图章一样压下去。纸袋和小册子,都可以这样印。这也是活版印刷的长处。"

弓子小姐拉下控制杆。

虽然有若干飞白，但信封上出现了一排文字：

市仓森太郎

"太棒了，真的可以印出来。"

柚原小姐也发出感叹的声音。

"不过还是不太行。印得不够均匀，到处都有飞白……是滚筒的问题。"

弓子小姐凑近信封，正过来歪过去地看来看去。

"就这样印，是印不好看的。"

"换一个滚筒就可以了吧？"

大西问。

"说不定可以……"

弓子小姐很没有自信的样子。

"如果可以的话，我还是希望能印出来。"

我说。我知道自己的要求有点儿强人所难，但是，在看到那几个字的一瞬间，我想，我一定要送儿子这个。

"我还是想送他这个作为毕业礼物。我也知道这很花费功夫,所以,费用我会照价付的。能不能试试看呢?"

"可是,不知能不能印得像商品那样……"

"试试看吧,如果实在不行,我就放弃。"

弓子小姐一直在沉思。

过了一会儿,弓子小姐说:"明白了。那好,就试试吧。"

"真的?"

"但是准备需要一点儿时间,今天不太可能开始了。能请您等几天吗?"

"当然可以。太好了,那就拜托你了。"

我顿时觉得仿佛一颗心插上了翅膀。

看来我们在三日月堂里待了很长时间。出来的时候,已经快八点了。

我回到家里一看,灯亮着。

"您回来了,好晚啊。"

森太郎在厨房对我说。

"抱歉。"

"怎么了？去跑步了？"

"嗯，今天有点事……"

三日月堂的事还不能说。

"好香啊。"

我故意把话题岔开了。

"因为等了半天妈妈不回来……"

锅子在火上，锅里冒出一股咖喱的香味。

"冰箱里有材料，我就做了。"

"真的？了不起。不愧是我儿子。"

"四月开始就要一个人生活了，这点事都不会怎么行？"

我打开锅盖。里面除了马铃薯、胡萝卜，还有茄子和西蓝花。可能是因为一直是两个人生活，森太郎也很会做饭。跟其他有儿子的妈妈一说，大家都很钦佩。然而并不是什么教育方针得当，而是不得以才这样的。

森太郎做的咖喱还蛮不错的。

"对了，我要搬家了。那边登山部的人也在约我，我想三月底之前搬过去。"

快吃完饭的时候，森太郎说。

"欸，不过要四月份才能搬进宿舍吧？"

"嗯，但是学长说可以先住他家。"

"行李呢？"

"先整理好，在指定日期送过去。其实也没什么东西。"

森太郎说得很轻松。

"不过——"

"我已经跟学长联系好了，下周之内就过去。"

怎么好像所有事情都是他一个人独断独行。

本来我也想帮他搬家的。这也许是我们在一起生活最后的时间了。虽然暑假或者休长假的时候他会回来，但那会儿还要参加社团活动什么的，实际上相处的时间会很短。所以，我还想着要帮他准备搬家的行李，到了四月时一起……我本来是这么打算的。

是啊，那就这样吧。我心里一下子枯萎了。

"我不用去帮忙吗？三月份我工作忙，去不了。"

"不用了，反正入学典礼你不是还会来

的吗?"

"那个嘛……"

所以我才想赶在入学典礼前去帮着搬家,索性住两天,也一起在札幌观光一下……

"但是,森太郎还是第一次一个人生活吧?生活必需品会有很多呢。在那边不跟我一起去买东西,能行吗?"

"那些东西在家里也用,我大致知道的。而且是集体宿舍哟。即使缺什么,也能解决的。"

森太郎很淡定地说。"大致知道",我一下子有点生气。的确,森太郎作为一个男孩子,会干家务,也帮着做饭,买东西的事也可以交给他。但是,打扫房间和洗衣服,直到现在基本上都是我在做。当然他也有帮忙的时候,但那都是我把工具准备好了……

"妈妈操心过头了。没问题的,家务什么的,怎么都会有办法的。"

"家务什么的",枯萎的心更加枯竭了。我一直为工作和家务而奔波,不知有多么辛苦。他却说"家务什么的"。

"您怎么了？为什么脸色那么阴沉？我好不容易要开始新生活，有各种事情要做。"

"没什么。我没有阴沉着脸啊。我只是想，你真的没问题吗？"

说完我才意识到，自己的声音比想象中尖锐。森太郎沉默不语了。

"明白了。总之，我下周就走。"

森太郎"咣当"一下站起来，把自己的碟子拿到洗碗池。"哗啦哗啦"的洗碗声传来，我无心吃剩下的咖喱，就那么呆呆地坐在那里。

森太郎收拾完碟子，就回自己的房间去了。一阵"咔嗒咔嗒"的声响传来，大概是他在整理搬家的行李吧？我闲得无聊，茫然地注视着并不想看的电视节目。太荒唐了，明明一起生活的时间剩下不多了。

我望着电视里洗衣液的广告，莫名地流下了眼泪。不行不行，不能这样，我用袖子擦了擦眼泪。好奇怪啊，森太郎长大了，我应该高兴啊。自己一直努力到现在，不就是为了这个吗？然而，为什么要哭呢？在森太郎向着未来展翅飞翔的时候。

  向着未来展翅飞翔……简直像广告语一样的措辞。太可悲了，我深深地叹了一口气。

5

"所以,他说决定了下周去北海道。"

午休时,在里面的小屋,我跟柚原小姐聊起了森太郎的事。

"你的心情我可以理解。男孩子大概都是这样吧?虽然我没孩子不知道。"

柚原小姐点着头说。

"结果,我还是没有给孩子自由吧?"

我嘀咕了一句。

"也许是那样,但那也是没有办法的事啊。"

柚原小姐哈哈笑了。

"不过,三日月堂的信笺套装即使做好了,大概也无法交给他了。"

"你说什么呀？你就这么让森太郎搬走吗？一定要在搬家前做好，亲自交给他才行。"柚原小姐仿佛不可理解地说，"母子吵架，一般不会持续那么久的。而且不是还有毕业礼物吗？这是凝聚了你这三年……不，十八年来的心愿呢……"

"你说的也不是没有道理……"

"一定要亲自把礼物交给他，一定要好好送他走，否则你会后悔的。"

柚原小姐说的有道理，虽然有道理……

首先，可能已经来不及了啊。弓子小姐说调整机器，要花几天的时间。出发日期现在又提前了，恐怕已经来不及了吧？

"不行了啊。"

我无精打采地收起饭盒。

星期二，我正要出营业所，被弓子小姐叫住了。

"那个，上次说的印刷机的事……"

也许是心理作用，总觉得弓子小姐声音听

上去异常兴奋。

"滚筒可以换了。"

"真的吗?"

"真的。还没有到手呢,但已经有眉目了。这周之内就可以……"

——一定要亲自……

柚原小姐的话在耳边回响。她说得对。虽然从那天起,我就没有和森太郎说过话。不过,礼物一定要准备好。我在心里这么决定了。

"那能拜托你印刷吗?"

"不知道能不能印得很漂亮……总之印印看吧。"

弓子小姐的声音有些颤抖。

"谢谢。印的时候叫我一声,我想去看看。"

"没问题。"

"我还会叫上大家。"

弓子小姐点点头说,好的。

星期三,请假休息的弓子小姐傍晚发来短信说,滚筒到手了,今天晚上可以印刷。下班后,我和大西一起来到三日月堂。也约了柚原小姐，但她好像已经说好今天要和葛城先生及其他朋友去喝酒。

弓子小姐已经在操作了。

"后来我调整了机器，换了滚筒，好多了。"

"真的吗？"

大西凑近印刷机，拿起立在边上的试印样。

"真的，好漂亮。"

"不过，"弓子小姐使用放大镜，盯着铅字的印刷仔细查看，"'仓'字有点儿缺，还有'森'字整体有点太粗了。"

"是吗？看不太出来……"

"用放大镜看就明白了。"

弓子小姐递来放大镜。放大一看，的确如弓子小姐说的那样。

"但是，不是很显眼。有点缺口，字有点偏差，那也更有味道吧……"

大西说。

"不行。"

弓子小姐斩钉截铁地回应。

53

"字迹有伤痕的话,名字也会受伤的。我祖父说过,那样不好。不仅是名字,任何文字都一样。"

说完,弓子小姐再次面对铅字架。

"很久没有印了,这些事情都忘了。"

弓子小姐一个一个看着铅字说。

"祖父在的时候……最后肯定会全部检查一遍的。我以为自己都懂了,结果只是帮忙而已。"

弓子小姐看铅字的目光炯炯有神,那是一种我以前从未见过的神情。

弓子小姐反复多次更换铅字,似乎都没有达到满足的地步。等我发觉时,已过了八点。我很好奇结果会怎么样,所以想再看看。

"对不起,把你们也卷进来了,没想到这么麻烦。"

弓子小姐深深鞠躬。

"没这回事,是我让你为难了……不过,现在能印得这么漂亮,我觉得足够了。自己也出了力,就当是手工制作的吧……"

"不，要印就要印得像样才行，否则祖父会批评我的。剩下的我一个人就可以了。我明天上晚班，现在再干一会儿。"

弓子小姐毅然说。

"明白了。别太拼了啊。"

"啊，还有一件事。油墨的色彩打算怎么选？试印是用的黑色。只要有油墨，就可以调色的。"

对啊，这也是三日月堂信笺套装的卖点。

森太郎选什么颜色好呢？

森

当我再次看试印的信笺时，这个字跳入眼帘。森。森太郎。森林科学。对啊，森林的颜色。

"绿色。深绿色。请用像森林里的树叶那样的颜色吧。"

"森林里树叶的颜色……不错。"

弓子小姐闭上眼睛，缓缓地点了点头。

我和大西出了三日月堂。

"弓子小姐真厉害啊,身上有工匠的血统。"

大西很钦佩地说。

"是啊,很专注,一旦投入进去,就会坚持到底。而且还——"

"有点顽固。"

我"扑哧"笑了。大西说了一句"的确如此",跟着笑了。

家里亮着灯,不是森太郎的房间,而是厨房。

我走进玄关,森太郎走了出来。

"回来得好晚啊,是加班吗?"

他很担心的样子。

"唔,不是的。是跟一起跑步的伙伴们聊天聊上了瘾。"

我笑着回答。

"这样啊,是我瞎担心了。"

"对不起,对不起。"

为我担心了……明明还只是个孩子。不过,也是啊。回来晚了的时候,我总会跟他联系的,很少有无故晚回的时候。

"好像上次也是突然回晚了。我还担心，以为你工作上出了什么问题呢。原来是跑步啊。"森太郎显出一副不可理解的样子，叹了一口气，"也行吧，没事。说起来，吃饭了吗？"

"啊，我都给忘了。"

我完全不记得了，这时才想起自己肚子饿。

"马大哈，别太拼了哦。一把年纪了。"

森太郎笑了。

"太失礼了。"

我也笑了。不知什么时候，别别扭扭的感觉已经烟消云散。

"锅里有剩下的猪肉杂烩，您自己吃吧。还有米饭。"

热了热锅里的东西，森太郎就去洗澡了。猪肉杂烩很好吃，跟自己做的味道完全一样，我不由得心里美滋滋的。

第二天去上班，看到弓子小姐站在公司

前面。

"欸,你今天不是晚班吗……"

"是的。不过我想让阿春姐看看这个……"

弓子小姐从包里拿出一沓纸来。

印着名字的信笺套装。每张信笺和信封上面都印着名字。我不禁屏住了呼吸。青翠碧绿的绿色,印着格子和森太郎的名字。

"太棒了,跟我以前收到的礼物一模一样。"

和昨天试印时完全不同。我也不知道是哪里有什么样的变化,但只觉得庄重大气、娟秀素雅。

市仓森太郎。

这个名字我书写了无数次。幼儿园的外衣、内衣,还有装换洗衣服的袋子、午睡用的床单。虽然那时候全部都是写的平假名。上小学时起,从拖鞋、体操服、教科书,到彩色铅笔和一支支蜡笔,还有数学学具盒里的每个细小的物品上都要写上名字,要花好几个小时的时间。现在,这些字被漂亮地印在了令人怀念的三日月堂的纸上。

"油墨,这个配色可以吗?我就是想让您看看这个。"

犹如树叶一样的颜色,仿佛真正的森林浮现在眼前。

"很好。就印成这个颜色吧。"

我深深吸了一口气回答。

"太好了。后来我又反复尝试了好多次,终于印出来了。"

弓子小姐"呼"地吐了口气。

"你不会是一个晚上没睡吧?"

"是啊。"

弓子小姐苦笑了一下。这么一说我才发现,她看起来比平日疲倦。

"年纪不小了。熬夜……吃不消的。"

我哈哈笑了。

"说实话,其实昨天我也是一大早就出远门了——"

"出远门?"

"去取滚筒。滚筒可以请厂家做,但那是定制生产,所以需要两三个星期。我觉得那样就来不及了，就到处咨询。因为如果是使用同型号机器的地方，也许会有备用配件。"

"那么麻烦啊。"

"但是，不抓紧时间不行。"弓子小姐嘀咕着说，"您儿子这个周末就要去北海道了吧？我听柚原小姐说的。所以，我想得抓紧时间。"

柚原小姐……原来是这样啊。

"星期二傍晚，在福岛找到了说是可以把滚筒转让给我的一位先生……"

"那你是跑到福岛去取回来的？"

"是的。宅急便那天已经不再取货了，说要等到星期四，那就来不及了，所以昨天一大早，我就离开这里……"

去福岛又回来，然后又熬夜……

"没问题，直到刚才都还蛮精神的。不知不觉忘记了一切。不过，现在突然觉得困了。"

弓子小姐笑了。

"谢谢你。"

我一直注视着弓子小姐的脸。

"那我就用这种颜色印了。上班前我先小

睡一会儿。晚上回去再印。等油墨完全干透要一天时间。明天下班时,我想就可以交给您了。"

——我妈妈死了。

不知为什么,当年那个小女孩的脸与弓子小姐的脸重叠在了一起。我很想哭。

"谢谢你了。太感谢了。"

我道了谢。弓子小姐连连摇头,不好意思地笑着鞠了一躬。我把弓子小姐留下的印样给大西和柚原小姐看。好漂亮啊,柚原小姐说。她还说,看着这些字,不知为什么会哭出来。大西说,他也很想要一套。跑步时见到葛城先生后,我也跟他说了事情的经过,并把东西给他看了。葛城先生说,这个不错,我们店里也可以请她做点什么。

下午,弓子小姐比约定的时间早来了。她已经不是上午困乏的样子,一如既往干脆利落地处理着工作。不过,我还是觉得印刷厂更适合弓子小姐。

回到家里一看,森太郎不在。家里放着一

张字条：我去买打包行李需要的东西了。离森太郎决定搬家的日子，还有两天。我悄悄查看了一下他的房间，沿墙摞着一堆纸箱，全都是他一个人装的。

完全不用我操心了吗。

不知怎的，我完全放下心来，失去了力气。森太郎要离开这里了。他要启程前往新天地，去开拓自己的人生。虽然我不能与他同行，但森太郎真正的人生将从此开始。

真了不起啊。

自己终于，终于坚持到了今天。

这样想的时候，我突然流下了眼泪。

6

　　第二天，收到弓子小姐送来的信笺套装。跟过去一样的盒子似乎还保留着几个。有乌鸦落在三日月上的商标的盒子里，整整齐齐地装着用森林颜色的油墨印刷的信笺套装。

　　本来打算在最后的晚餐时交给森太郎的，可还没来得及拿出来，他就睡着了。我也由于工作疲劳，很快陷入了梦中。不过，拂晓时一下子醒来了。我从抽屉里取出信笺套装。怎么办？这个什么时候交给他好呢？我坐到窗边，打开了信笺套装盒盖。晨光照在"市仓森太郎"的字样上。

　　总觉得决定的时候，就是那么一瞬间。说

不定是肚子里的孩子在呼唤这个名字呢。

当时,丈夫是这么说的。不过,直到定下来……这样那样,好像还为此争吵过吧?我记得好像是丈夫想到的森太郎这个名字,理由却记不清了……

不,想起来了。丈夫经常说,世界是一座森林。人生是一条路,世界是一座森林,婚姻是一座桥梁。喜欢旅行、在旅行社工作的丈夫,经常这样把各种事物比作地形。

希望他走向世界,做一个能面对世界的人。

当时,丈夫是这么说的。

我为什么把这么重要的事给忘了呢?

这件事应该郑重地告诉森太郎才行。我忽然变得坐立不安。

不过,直接对他说,又没有自信,说这些话,也许会哭出来吧?

对了,写信。写信吧。

应该还保留着。我从壁橱里抽出一个纸箱。里面装着一些旧用品,搬到这里来之后,再也没有打开过。

找到了。

箱子最下面露出三日月堂的信笺套装盒。最后一张怎么也不舍得用,一直保存着。我把印着我名字的信笺套装与森太郎的摆在一起看了看,完全一样的盒子,一样的商标,就是旧了点。

我用颤抖的手打开了盒子。在里面呢,一直保存的信笺、信封各一枚,有着浓郁的樱花色格子和名字。

藤山 春

因为阿春是春天啊,所以使用了樱花的颜色。

我想起父母把这个交给我时的情景。父亲去世之后,老家的房子处理了。母亲也于前年离开人世。

我也是受到了他们的守护啊。我一边看着自己的名字,一边想。这个名字凝聚着父母的一片心愿。这些信笺记录了我从出生到成人的岁月。

最后一张。

不能失误啊。我坐在桌前,挺直了腰板。这时,我想起来了。最后一次使用这个信笺套装,是临近结婚时,在给丈夫的信上,我写了今后两个人要努力奋斗。丈夫把那封信叠得小小的,放在公交卡套里,总是随身携带着。丈夫死后,我才知道这件事。

森太郎的名字里饱含了丈夫和我的心愿。关于这件事的前前后后,草稿写了又改、改了又写。最后,工工整整地抄好后,我写上我的名字和森太郎的名字,封上了口。

离森太郎起床还有些时间。我站在厨房里,做好了盒饭。我在森太郎高中期间一直使用的饭盒里,装上了他喜欢吃的饭菜。我想,给他做盒饭,这也许真的就是最后一次了。

就这样,我把盒饭和信笺套装,以及我的信都装进森太郎放在大门口的提包里。

和起床后的森太郎吃了早饭,我把他送到

车站。今天晚一个小时上班,我本来说可以请半天假,把他送到机场,可森太郎说送到车站就可以了。

"那个……"在检票口要告别的时候,我对森太郎说,"包里装着盒饭呢,在飞机上吃吧。"

"盒饭?妈妈你真是的……做那些干什么呀。"森太郎无可奈何地说,微微看了看提包。"谢谢了,我会吃的。"

说完,他穿过检票口,头也不回地走了。

7

一个星期后,我收到了来信,是那个信笺套装的信封,装着森太郎的来信。其实当天他就打来电话告知已经平安到达北海道学长家里,后来也来过几个短信。昨天还告知他已住进集体宿舍。平时他都只是写有什么事之类的寥寥几句话,这封信却写了相当长的篇幅。

除了对信笺套装道谢的话之外,还写了"这个信笺套装不错啊,都舍不得用了"的感想,还有关于自己名字的由来——

> 我选择了森林科学,说不定就是因为取了这个名字。

我一直很想得到父亲的表扬。迄今为止无论做什么都得不到满足，或许是因为父亲不在了。因为再也得不到父亲的表扬了吧？在决定升学的时候，我才发觉这一点。

上初中的时候，还记得吗？我曾经跟妈妈讨论过"大人是什么"的问题。妈妈当时说："自己决定自己的前途，从而能够做对别人有用的工作，就是大人了。你父亲这么说的。"

要自己决定自己的升学，当时心里有些不安。不知能否真的顺利，能否这样一直坚持下去。但是，最后只有自己决定。能够决定自己的升学，是由于听了妈妈对我讲的那些话。并不是为了得到谁的表扬而活着。我想到了自己要走自己决定的路。

现在也还是有些不安，但我已经不太担心了。

我会努力的。

还有，盒饭谢谢了。很好吃。饭盒在

这边也会用的。虽然不知能不能做得像妈妈那样好吃。

结婚前,妈妈的姓是那样的啊?写出来,总觉得很新鲜,好惊奇。妈妈也有过高中时代和大学时代啊。

谢谢妈妈一直为我做出的努力。

入学典礼还会见面的,当面很难说出口,所以还是写信。那么,再见了。

我不禁潸然泪下。

我把信笺折好,放进信封,再收到空了的三日月堂信笺套装盒里。我擦干了眼泪,后天就是去北海道的日子了。为去北海道参加入学典礼,我请了三天假。

我要去看看森太郎的"今后"。所以,不能哭。我把信笺套装收到抽屉里,"啪啪"地拍了拍脸颊。

我把森太郎的回应告诉了弓子小姐,再次向她表示了谢意。

"太好了。"

弓子小姐一脸释然的样子。

"真的是多亏了弓子小姐熬夜赶出来的。谢谢你了。"

"不，没什么……我也学到了不少东西。名字真是不可思议啊，虽然是属于自己的，却不能自己决定，而是别人授予自己的东西。我总觉得它就像一个维系父母与孩子的合页似的。"

"合页……"

我呆呆地张着嘴巴。

"啊，我是不是说了什么奇怪的话？"

弓子小姐连忙说。

"不，不是的。你说得很对，我只是有点惊讶。"

无论森太郎走得多远，名字都会把他和我，还有死去的丈夫，紧密维系在一起。

"其实我，还是想……继续做活版印刷。"

弓子小姐踌躇地说。

"真的吗？"

"真的。那天晚上印刷的时候，我想起了

祖父的许多往事。他说过印刷是一种留存于世的行为。一般会认为，铅字是一种实体，而印刷出来的字是影子。但对于印刷业来说并不是这样，实体的一方才是影子。"

"实体一方是影子？……这话太不可思议了。"

"祖父曾笑着说我是影子的主人。我就是三日月堂商标上那只剪影乌鸦哟。祖父已经去世了，可机器还保留着。我觉得启动三日月堂的机器，也就等于是把祖父的家业留存于世。所以……"

弓子小姐说完，垂下了头。

"这个想法不错。这么一说我想起来了，大西和柚原小姐也说要做信笺套装哦。我也还想委托你呢。"

我想起自己信件的最后一张用完了，便说。

不是旧姓，而是用现在的名字做一套新的信笺套装。

"还有，如果你要开展工作的话，我可以为你做宣传部长。我的交际很广哦。"

"哈哈哈——那就拜托了。"

弓子小姐笑了。春天平和的阳光洒落在后花园里。

八月的杯垫

1

三日月堂是川越物流公司的阿春姐告诉我的。

"虽然勉强可以维持,其实我常常会迷惘,不知这样下去能不能行?"

也许是由于梅雨季节一直持续,冰冷的雨水使得心情有些消沉的缘故吧?阿春姐问我"最近怎么样",我便这样回答了她。

阿春姐是川越物流公司一番街营业所的所长,个子不高,很爱笑。我们店里出售的面包和烤制的蛋糕是从市内的面包房进货,上货、送货都是委托川越物流公司。

我在一番街尽头经营一家叫"桐一叶"[1]的咖啡店。大学毕业后，我曾经在大企业就职，可公司经营不善时，我被解雇了。接着，我做了一段时间的私塾讲师，后来，经营咖啡店的伯父问我想不想继承他的店。

我从来没有考虑过要经营饮食店。不过，我对伯父的咖啡店有一定的留恋。上小学时，父母回来得晚，总是让我在"桐一叶"等候。我坐在角落里的一张小座位上，一直默默地读书。

"你如果不继承，我就只好把店转让给别人。"听伯父这么说，我不禁觉得可惜。"估计不太行，但我还是试试看吧，请别抱太大希望。"我如此答应了他。

最初，我作为见习生，在伯父手下工作。店铺很小，厨房里的工作也只是烤烤面包，我很快就记住了。问题是咖啡的做法。伯父冲泡的咖啡那才叫好喝。我学会了之后，虽然也能冲泡出不错的咖啡，但无论如何都不及伯父的

---

[1] 意思是"一片梧桐叶子"，取自日本诗人高滨虚子的著名俳句。

咖啡好喝。我上任后过了两年，就在店里的业务基本上可以独自处理的时候，伯父病倒了，住院后没多久就去世了。

因为是伯父打造的店铺，葬礼结束后，我一边感受着这一压力，一边继续经营。由于有很多老主顾，咖啡店总算维持下来了。但是，博客上出现了"味道不如以前了""气氛冷漠了"之类的评价。每当看到这样的评语，我的心里都会阵阵刺痛。

实际上，阿春姐上大学的时候，在这家店里打过工。所以阿春姐知道上小学前的我，现在也还是叫我"阿正小弟"。类似这样的事情，让我每次打照面，都很难为情。一见到阿春姐心里就会觉得安稳一些，这也是不能否认的事实。

"迷惘？有什么迷惘的？难道是想回公司工作吗？"

阿春姐歪了歪头，用一对炯炯有神的眼睛盯着我。

"不，那已经……在这种时代，不可能了。

而且我觉得自己也不适合在公司上班。"

我苦笑了一下。这是真心话。公司如果不景气我会第一个被裁员，就像突然袭击。我的业绩并不坏。业绩不如我的同期也有人留下，为什么我却……事到如今，我也没弄明白其中的理由。但是，理由不明，也就说明自己不适合在公司上班吧？

"那是为什么？"

阿春姐转动着圆圆的大眼睛，查看我的脸色。

"那是因为……我也不太明白。不过，总觉得这家店……归根结底还是伯父的店，我只不过是个代理。到什么时候都是……"

又来了。一旦把这个人当成谈话的对象，自己就会说出多余的话来。但是，她说得一点儿没错。虽然以前一直没有用语言表达过，但我违和感的原因，一定就在这里。这家"桐一叶"终归是伯父的店。我喜欢伯父，我喜欢这家店也是因为我喜欢伯父，但是……

话一出口，我又有些后悔。伯父经营这家

店已有三十余年。自己刚开始经营几年就说这种话，真是太不自量力了。

"嗯，是这样啊。我家里也有个儿子，多少明白一点儿。"

阿春姐"扑哧"笑了。我越发难为情了。

"男人大概都是这样吧？想让别人认可自己，可又想坚持做自己。"

阿春姐定神看着我。口气虽然很柔和，但总觉得略带攻击性，我说不出话来。

"那就改变一下什么？是啊，比如换店名……什么的。"

阿春姐若有所思地说。

"换店名？"

"重打鼓，另开张？"

"那可不行……有熟客呢，我不想改变太多。而且，如果刚接手店的时候还可以，事到如今再变，会让人觉得奇怪的。"

"那就重新装修，改变装饰，换换餐具什么的……只要改变一处，气氛都会大不相同的。"

"但是，现在的室内装饰是伯父花了几十年完成的，很有协调感，只改变一处，会失去平衡的。"

改变室内装饰需要相当的资金。家具、餐器都更换的话，金额不会少的。现在没有那么多余力，失败也令人畏惧。

"这倒是。摧毁已经完成的东西是很可怕，你的心情我可以理解，但是不尝试一下，很难往前迈步的。"

阿春姐说得对。只是瞻前顾后地考虑，是无法迈步的。自己总是很难做出决断，这是我的老毛病。

"对了。"低头思考的阿春姐突然抬起了头，"换营业卡，怎么样？"

"营业卡？"

"喏，上次不是说过吗？你伯父那时候使用的火柴盒，近来很少有人用了。"

"啊，嗯——"

这家店里摆着火柴盒，过去是做宣传用的。上面印着一片梧桐叶子，还记载了店名和联系方式。但是，几年前，店内就禁止吸烟了，所以很少有人再碰它。尽管如此，由于它是外面广告牌上也描绘的梧桐叶，是咖啡店的象征，另外也有客人觉得火柴盒很稀奇，所以就继续那么摆放了。

不过库存也差不多要没了，也许正好是更换的时候。

"放弃火柴盒，换成营业卡怎么样？现在大家都这么做。像这样，说不定会有更多顾客拿走的。"

一番街的各种小店铺，基本上都受到川越物流公司的关照。阿春姐从年轻时起，就一直做送货员，所以几乎没有她不认识的店铺。跟阿春姐商量店里各种事宜的人也不少。因此，她是这条街消息最灵通的人。

的确，最近咖啡店和饮食店几乎都摆着营业卡。营业卡比火柴盒成本低，还可以节约经费。

"不过，大家都做的话，要想突出个性很难吧？"

火柴盒起码有个性。

"那倒也是……不过,我知道一个好地方。"

阿春姐挤了挤眼告诉我的,正是三日月堂。

2

因此,三天后的晚上,我关了店门,带着阿春姐给我画的地图,打算到三日月堂去一趟。

"三日月堂是一家活版印刷厂。"

阿春姐当时是这样说的。

"活版印刷?就是摆上铅字印的那种吗?以前听伯父说过,说过去都是那么印刷的。不过……"

"你肯定会想,都现在这个年代了,还会有那种东西吗?对吧?现在看反而会觉得新鲜呢。"

阿春姐哧哧窃笑。

"说是活版，实际在店里干活儿的是一位叫弓子的年轻女性，没问题的。费用比普通的印刷稍稍贵一些，但总比制作火柴盒要便宜，而且弓子小姐会与客人一起探索想要制作的形式。"

与客人一起探索想要制作的形式。阿春姐的这句话印在了我的心里。

我想要制作的形式？……总觉得有一个朦朦胧胧的，像"桐一叶"一样的东西隐藏在内心深处。但那究竟是什么，我自己也看不清楚。

如果有人可以与我一起探索……

"那位叫弓子小姐的人，是个怎样的人？"

"她以前在我们营业所做过临时工，比阿正小弟小几岁吧？弓子小姐已故祖父曾在这座小镇里开过一家印刷厂。她今年才回到这座小镇来，重新启动祖父留下的印刷机。"

弓子小姐曾经有一段时间，一边在川越物流公司做临时工，一边偶尔承揽一点印刷工作。渐渐地，委托她印刷的工作不断增多，现在大概可以只靠印刷工作生活了。我不由得产生出一种亲近感，继承已故祖父的工具，这一点与我有相似之处。

说不定这位叫弓子小姐的人，工作能够顺利开展，都是因为阿春姐呢。毕竟阿春姐是小镇里消息最灵通的人，相当于一位顾问。而且她有一种奇特的营业能力。这不，我现在也正前往三日月堂呢。

这不就完全中招了。我看着阿春姐亲手画的地图苦笑了一下。但是，阿春姐不会骗人。只要是阿春姐说的"这个很适合阿正小弟吧"，基本上都不会错。每当这时，我都会想"为什么呢"，回头一想才明白，那些都是当时我最需要的东西。她就是这样的人。所以，既然是阿春姐推荐三日月堂，也许那里会有我寻求的东西吧？

我在一个叫鸦山神社的小神社前面站住了。按照地图上画的，三日月堂应该就在斜对面。那里确实有一幢像是昭和时期街道工厂的四方形旧建筑。混凝土结构、正方形、白色的外墙，完全是街道小工厂的感觉，是具有实用主义，又极其乏味的一座建筑物。

但是广告牌很酷。修长的宋体切割字牌写着三日月堂，三日月上面落着一只乌鸦的标志。入口是旧木门框加了一扇玻璃门，里面挂着窗帘，所以什么也看不到。门上没有对讲机，只有一个门铃，旁边写着"有事请按门铃"。毕竟是小镇的印刷厂，我本以为会是一个更开放的地方，像大门总是敞开着，有传达室那样的地方。仔细一想，毕竟是私人经营，也许理应如此吧。我有点紧张地按了一下门铃，没有回应。真的在营业吗？我不安地等了一会儿，从里面传来"咔嗒咔嗒"的声响。门开了一条缝儿，一位清瘦的女性站在门里面。

"那个，我是中午打过电话的冈野。"

"啊，是阿春姐介绍的吧……"

"欸，那你就是弓子小姐吗？"

"是的。"

她微微一笑，把门敞开了。

"哇！"

我不由得惊呼一声。

铅字堆成的墙壁……不，实际上是四面墙壁全被高达天花板的铅字架遮盖。架子上填满了铅字，看上去就像铅字堆积而成的墙壁。还有一台不知有多少年头，带一个大齿轮的机器。

"数量惊人啊。"

我对铅字的数量目瞪口呆了。在以前的公司里，我也做过排版之类的事。用电脑软件排版文字，构成模式，全部都是在电脑里操作的。不过……是啊，过去的铅字原来是实体啊。人用自己的手拾起物体，排列，再印刷出来……

"从这么多的铅字里拣出铅字排版，这也太辛苦了吧？"

"是啊。最开始很辛苦，不过，会习惯的。"

"那个……恕我冒昧，这个工作，你干了几年？"

"重开张是半年前，不过我过去一直在店里帮忙，上高中的时候就开始拣铅字了。"

弓子小姐望着铅字架，用低沉的声音说。

从高中生的时候就开始拣铅字……我目不

转睛地端详着弓子小姐。直发束成马尾辫系在脑后，上衣T恤，下身牛仔裤，脸上没有化妆。而且听说就住在这里……我环视着街道小工厂模样的屋内，心想，这真是个不可思议的人啊。

屋内流淌着凉丝丝的空气，可以闻到一股特殊的气味。与墨汁和颜料都不同……是报纸的气味。

"是墨水的……气味吗？"

"是油墨。不是墨水，印刷行业叫油墨。"

弓子小姐笑了。

油墨……弓子小姐的舌尖弹出令人怀念的音节。

"这个是干什么的？"

我指着弓子小姐身旁一个有大圆盘的机器问道。

"是印刷机。这是手工印刷时使用的机器，被称为手动式平压印刷机。名片、明信片之类的东西，可以用这个来印刷。把排好的版安装在这里，纸放在那边，再拉动这个控制杆，'咔嚓'一下，就印出来了……"

"哎呀。"

我把脸凑近机器，凝视着。黑色的金属闪着暗淡的光。它是什么时候制造的呢？比我出生还要早吧？说不定是我的父母出生前呢。

"那个，您是要做营业卡吧？"

传来了弓子小姐的声音。

"是的。原来一直是使用这样的火柴盒。"

我从包里掏出火柴盒，放在桌子上。

"好可爱啊。"

弓子小姐把火柴盒拿在手上，查看正反两面。正面是梧桐叶子的图画，反面写着店名、地址、电话号码和网址。

"听阿春姐说了之后，我看了店的主页。"

弓子小姐说。咦，我想，我还以为她不会看电脑和手机呢，看来并不是这样。

"啊，是我做的，没什么太大用处……"

利用了可以简单制作网页的免费服务功能，网站只登载了一些最基本的信息。虽然也开了博客，可想不出写什么，就没怎么更新过。

"不不，很方便阅览，很漂亮的。照片也很棒。"

照片也都是用智能手机拍的。近来，手机的相机性能十分优良，自己也觉得拍得还不错。

"这个火柴盒的设计也很棒。现在火柴盒的形式很少见，设计也与店里的氛围很吻合。"

弓子小姐把火柴盒放在桌子上。

"对，我也是这么想的。突出梧桐叶子这部分，与广告牌一致。据说这是开张时伯父请做美术老师的朋友画的。不过，近来用火柴的人少了……而且库存也不多了，既然这样，就想干脆趁现在改成卡片好了。而且，也想稍微改变一下店里的气氛……"

不，也可以不变。只是想稍微有那么一点点自己的特色。

"是啊。像这样雅致的店，要继续保持优雅，也许得逐步更新才行吧。"

弓子小姐的话令我心头一震。自己没有勇气摧毁过去的一切，但社会和顾客都在一点点发生着变化，也许不能无动于衷了。失败也没关系，总之要尝试一下营业卡的决心已定。

"那么怎么做？您有什么要求吗？"

"这个……完全没有具体想法……"

我苦笑了一下。

"倒也是。"

弓子小姐嫣然一笑。

"活版印刷也有各种各样的哟。不仅有单色，也可以多色印刷。与普通的彩色印刷相比有不同的趣味。"

弓子小姐从柜子里拿出一个大盒子。打开一看，里面装满了印刷品。

"一般大多是制作成名片大小的东西，也可以做成别的形状，正方形啦，椭圆形啦，也有对折、三折的方式。"

弓子小姐从盒子里拿出几张卡片，摆在了桌子上。

"这些全部都是在这里印刷的吗？"

"不，这边这些是的，也有不是的。这是我想做参考，所以从各处搜集来的。"

我一张一张拿在手里查看，的确有各种各样的。一旦要印刷的话，纸张纵向还是横向？文字竖排还是横排？字号多大？排在哪个位置？纸的颜色如何？用几种颜色印刷……一切都要事先决定。虽然只有名片大小的尺寸，却让人觉得无比宽广。

"做成什么样，怎么做，还都摸不着头脑呢。"

我困扰不已，便老老实实地说。

"大家一开始都是这样的。我觉得虽然不能用语言表达，但脑子里总会有一个什么意象的。比如说，虽然不能说'这个就好'，但总会有'这个有点不合适'的想法吧？这些卡片也是。"

听弓子小姐这么一说，我又看了看桌子上摊开的卡片。

"是的，的确。我觉得这边这些就有点儿不合适。"

我挑出几张卡片，递给了弓子小姐。用方形纸板印的，文字密密麻麻的，杂乱无章的，过于可爱的……有的过于时尚感，有的与此相反又过于传统感。在很厚的纸上压印，使得文字过于凹陷，也让人觉得有些过头，免了。

"这样啊。那看一看剩下的卡片，我基本上就能明白冈野先生想要的感觉了。纸的颜色为单一色调，油墨的颜色为相对的基础色。字体为简单的宋体，不要过分凹陷，大致是这样吧？"

说得一点不错。望着剩下的卡片，我点了点头。

"的确，如果考虑到店里的氛围，过分可爱或者杂乱无章的风格就不太适合。不使用图像或照片，以文字为主体，适当地留白。但是，也要有点与众不同。比如，文字和留白的平衡稍作变化……"

"是的。简洁，但又略带个性的感觉。"

"明白了。活版印刷的文字本身很有存在感，所以很适合这种设计。不过，"弓子小姐抬起头来，"虽然很有品位，但或许会显得有些素淡。"

弓子小姐的声音很低，有些含混不清，讲话的语调也淡淡的。也没有讨好别人的笑脸，虽然这么说，但并不让人觉得冷漠，笑的时候还是挺可爱的。应该说是朴素，不会献媚吧？不过，这种感觉，我好像知道？以前，在什么地方……

"要说的话，是一种平淡无奇地处理事情的感觉吧。不会让人产生厌恶感。可是，也不会让人留下印象。"

我心里咯噔一下。这话感觉像是在说自己。我在公司里也被这么说过，冈野君做什么事都可以很圆滑地完成，但没有个性。"非冈野君莫属"，这样的事情并不存在。

"是这样啊。如果是这样的话，怎么办才好呢……"

我不知所措，一筹莫展。

"仅限于交谈、看网页的照片和看火柴盒的话，我只能了解这么多。下次我可以去店里看看吗？最好是营业时间。"

弓子小姐说。

"有顾客在场的时间,我可能不能跟你多说话……"

"不要紧。我就是想看看顾客在时的情景。"

只是做一张营业卡而已,用得着花费这么大功夫吗?路途倒是没多远,走路就可以到。

"可以吗?让你这么费心,真有点过意不去的感觉……"

"没关系的。我就是想做出能让顾客满意的东西。当然,不会收上门服务费的,请放心吧。正好我也有事要去阿春姐那里,明天下午晚一点儿的时间怎么样?"

"可以啊。"

我点了点头。

3

第二天下午六点多，弓子小姐来了。我走过去问她想点些什么，她说想看看店里的情况。所以我也像往常一样，处理着店里的事务。外面在下雨。雨越下越大，可以听到雨水打在玻璃窗上的声音。弓子小姐坐在窗边的座位上，一会儿喝咖啡，一会儿眺望着外面，一会儿注视一下店内其他顾客的情况。一副坐立不安的神情，比昨天在三日月堂见到时显得局促。

雨小了，顾客渐渐少了。大家都回家了，或是去吃饭了吧？这个时间，店里总是很空闲。现在除了弓子小姐，只剩下一位客人了。是伯父在时的常客，总喜欢戴着一顶帽子的老先生。

他坐在离弓子小姐不远的窗边的座位上。

"好像是出版界的人士。过去经常带着一捆捆的稿子在这里看稿。"伯父这样说过。他现在大概已经退休了吧?没有一捆捆的稿子了。一个人来喝咖啡,在这里待几十分钟。有时看会儿书,有时只是望着窗外。经常可以看到他正在读的书的标题,我心想,这是个什么样的人呢?但我还没跟他说过话。

帽子老先生离开座位来结账,客人只剩下弓子小姐一个人。

"很不错的咖啡店啊。"传来了弓子小姐的声音,"很安静,也很素净……"

"是吗?"

我有点不好意思,故意一边做着别的事一边回答。

"顾客们都很惬意的样子,能打造出这样的场所不容易啊。"

弓子小姐微微笑了笑。

"是伯父营造了这种气氛。"

我回答说。伯父总是说,绝对不可以干涉

顾客。每个人都是为了享受自己的时光而来的。但顾客需要什么的时候，不可以让他们等待。不要去轻易向顾客搭话，但要不时地看看他们的情况，要察言观色。

从小时候起，我就常来这里，所以我以为这种气氛是理所当然的。长大后，我去了别的咖啡店，才懂得伯父咖啡店的长处。有的店，店主会和顾客搭话。有的店不顾及顾客感受。当然，也有喜欢和店里的人说话的客人。但我喜欢"桐一叶"的气氛，所以平时很注意，尽量模仿伯父的做法。

"冈野先生很喜欢这家店吧？也很喜欢伯父。"

"是的。"

我点点头。这个人虽然很文静，难以领会她在想什么，但她很有洞察力。

"但也有时会觉得寂寞。我只不过是代替了伯父而已。"

听了我的话，弓子小姐愣了一下。

"不能这么想。"她静静地说完后，吐了

一口气,"谁也代替不了谁的。"

弓子小姐的表情忽然黯淡了。

代替不了……这话语忽地飘落到我的心里。

啊,对了,她好像原田啊,我这时才发觉。原田是大学时代交往过的一个女孩。样子虽然不像,但是低沉、含混不清的声音,独自一人眺望窗外时的表情,不会谄笑的地方,绝不刻意奉承别人的地方……都有些相似。我心里不禁一阵刺痛。

"您怎么了?"

弓子小姐问。

"不,没什么……这么一说,我想起来了,三日月堂本来也是你已故祖父的印刷厂吧?我听阿春姐说过。"

"是的,街道印刷厂。贺年卡啦,名片啦,店里的广告啦,直到三十年前,都还算生意兴旺吧。后来照相排版和胶版印刷渐渐成为主流,祖父是个传统气质的人,好像不想引进新的设备。虽然勉强维持营业,但祖父离世后,印厂就一直空着了。"

"弓子小姐呢?"

"我以前一直住在别处。去年因为各种原因,最后决定住在那个家里……"

各种原因是什么呢?我有点在意。难道是跟我一样,在工作上遇到了挫折吗?有点在意,但又不好去询问。阿春姐或许知道些什么吧。

"还有就是,这家店的店名。"

弓子小姐说着,望了望窗外。

"咖啡店周围并没有梧桐树吧?'桐一叶'的名字是从哪里取的呢?好像在哪里听说过……"

"是俳句。高滨虚子的'桐树日光照,枝梢一叶飘'。"

我在手边的纸上写下俳句,递给她。

"啊,好像在国语课上学过……"

弓子小姐凝视着俳句。

"这是著名的俳句,很多人在初中或高中都学过。"

"您对俳句很精通吧?"

"知道一点儿。其实是伯父喜欢俳句……他曾经参加过俳句会,满腔热忱地创作。虽然这么说,但也没到整理成俳句集的程度。伯父很喜欢这首俳句,所以就……"

"这样啊,原来如此。好美的俳句啊,我虽然不太懂俳句,但会觉得真的像是可以看到梧桐树的大叶子缓缓地飘落下来……"

弓子小姐闭上眼睛,感受力在瞄准。这一定是一个对语言非常敏锐的人。

"加入了一个'日光照'的描写,便可延长叶子飘落的时间。如同一刹那变成了永恒,对吧?看似平淡无奇的风景,却有着惊人的描写力。这是一首彻头彻尾的写生俳句。"

我回答说。这首俳句对我来说,也是一首很特别的俳句。

"冈野先生也对俳句很精通啊。您写过俳句吧?"

弓子小姐的话又让我心头一震。仿佛突然袭击,只觉得自己最软弱的部位突然被箭射中了。俳句。一直疏远的领域。已打算忘却的领域。我望着弓子小姐的脸。

"嗯,过去写过一些。最初是跟伯父学的。小时候,我常常被寄放在这里。所以,没有顾客的时间,伯父便教我写俳句。我不知不觉迷上了俳句,在家里也经常写俳句,拿到这里来。我是个很另类的孩子。"

我笑了。伯父好像还大大表扬了我,有时还带着我去俳句会。在一个全都是老年人的学习会上,还是小学生的我被大人们誉为"神童"。当时,一切事物都会成为俳句的题材。

"现在不写了吗?"

"嗯,上大学之后就彻底放弃了。"

"为什么?"

"为什么呢?我自己也不太清楚。在大学里,也参加了俳句部。因为从小就写,一开始还被大家称赞。但是从某个时期开始就写不出来了。其他人都在进步,我觉得自己只能到此为止了。"

"可是,放弃了会不会觉得可惜呢?"

"我不喜欢拖泥带水地半途而废,总觉得

那样对不住俳句。而且参加工作后也没有时间了，于是决定还是干脆放弃。从那以后，再也没有和别人谈过俳句的事。"

俳句不是与他人竞争的事情，也不能当成工作来做。俳句最终是要在自己的人生中，刻录下自己的生命姿态，伯父曾经这么对我说。然而，我最后还是无论如何都无法坚持。因为我已经写不出能使自己满意的俳句了。这有一半是事实。不过……

原田的脸与弓子小姐重叠在一起，我不由得闭上了眼睛。与原田分手时自己下定决心，再也不写俳句了。伯父死后，我一个人在这家店里时，不知为何，就会想起俳句的事情。小时候在这里写的俳句片段浮现又消失。

"冈野先生，我刚才想了一下。"弓子小姐若有所思地考虑了片刻之后，说话了，"火柴盒上也是梧桐叶的设计，对吧？我觉得梧桐叶是这家咖啡店的象征。您刚才说了，如同一刹那变成了永恒的感觉，一种非日常的时光在流逝的感觉。这家店的空间会不会就是在朝着这一目标发展呢?"

听了弓子小姐的话,我不禁恍然大悟。我从来没有想过这些。但是,或许正是如此吧。我回想起伯父冲泡咖啡时的侧脸。

"所以,我想,即使换成营业卡,也还是应该再利用一下火柴盒上梧桐叶的设计。不过,仅仅是这样会有些无聊。"

弓子小姐掏出速写本,翻开来。

"把火柴盒梧桐叶的设计试着放大看看怎么样?比如像这样……"

弓子小姐一边解释,一边在速写本上描绘出草图。一片被放大的叶子,遮盖了卡片的右上角,变成如同被截断的形状。

"这样一来,印象会大不相同。叶子会被突出,如同在仰望叶子飘落下来的感觉。"

我也觉得这更贴近俳句的意境了。宛如从下面眺望飘落下来的叶子……时而飘摇、时而翻转着落下来的叶子的影子在我脑海里浮现。

"这样,店名和信息放在左下方。"

弓子小姐把文字添加在草图上。

"只有这些好像还是缺少些什么，叶子的颜色和文字的颜色换一换……"

弓子小姐扭了扭头。梧桐叶一直在我的脑子里飘摇着。沐浴着阳光，在地面上的人看来，叶子像剪影一样变得漆黑。就是这样的意境。因此我想把叶子的颜色印成黑色。

"那个……有透光的纸吧？印刷时能不能用呢？"

"你说的是描图纸吧？嗯，可以使用。"

"如果在透明纸上印上黑色的叶子，我想会不会很漂亮……"

我想到了这些，便说。

"描图纸啊……没有用过，但好像很有意思。"

弓子小姐嘀咕着，看她的表情应该也觉得不错。

"干脆把叶子印在背面，怎么样？"

弓子小姐说。

"背面？"

"是的，描图纸是半透明的，如同在磨砂

玻璃那边有叶子的影子那样的效果呢。"

"有道理……"

"店名和信息印在正面,背面用黑色印上叶子。从正面隐约可以看到淡淡的叶子,一翻过来,就可以看到漆黑的叶子的感觉。"

"这个想法不错,好有趣。就这样吧。"

我预感能做出很棒的作品,真令人期盼。

"纸怎么办?透明纸厚度与种类也多种多样,有半透明纸,也有印着暗花纹的纸。"

"我觉得还是没有花纹的更清晰……"

"我也是这么想的。"

"会做成什么样呢?好令人期待啊。"

和我一起探索想要制作的形式……阿春姐说得一点儿没错。

"我也一直只是印刷有文字的东西,这么大图版的设计,其实也是第一次。所以,心里有点忐忑不安,但我觉得必须不断向新事物挑战……还在摸索中,请多多关照。"

要继续保持优雅,也许得逐步更新才行……我想起上次弓子小姐说的话。

"火柴盒的梧桐叶要怎么做……"

"扫描后用电脑加工，然后作成凸版……"

"凸版？"

"就像一个大图章一样的东西，是与铅字一样操作。有专门的厂家可以用电子文件为我们做好。"

"是吗？"

"同样的方法也可以把文字做成凸版哦。用电脑制作，可以比一个一个排列铅字做出更自由的设计。制作费比活版便宜也是它的优点。"

"原来如此……不过，有什么不同呢？我有点不明白。"

"这样啊。昨天我给您看的样品中，就有凸版和活版的制作，两种都有，但今天我没有带来……"

"那我再去你那里可以吗？其实我也很想再仔细看看印刷厂的样子。活版印刷究竟是怎样的事物，我越来越感兴趣了……"

"当然可以了。明天怎么样？"

"关门后可以的话……"

"那好,您来之前,我也会再把方案充实一下。"

弓子小姐用平静的口吻说。

4

第二天，关了店门，我来到三日月堂。

"为了查看文字的排列氛围，我在电脑上排了一下版，跟铅字的字体会有所不同……您看怎么样？"

弓子小姐拿出了设计方案和估价。

估价上面标着活版与凸版两种价格。如昨日所言，活版的排版费用比凸版的制作费要贵一点。不管怎么说，的确是比普通印刷厂的卡片要贵，但也不是不现实的价格。

现在，制作名片要多便宜有多便宜。不过，不如干脆做得奢侈一些。我们店里的咖啡也是，街上更便宜的咖啡多如牛毛。伯父冲泡的咖啡的价格，是那些咖啡店的三倍。但就是好喝，所以有人专程前来。

"我觉得很好。就按这个设计推进吧。"

我深深吸了一口气。

"太好了。文字是用铅字还是用凸版呢？"

弓子小姐在桌子上摆了几张卡片。

"这是我们制作的名片，这些是活版的，这些是凸版的。"

"这样啊……"

一眼看上去，似乎没什么区别。但是仔细一看，的确给人不同的印象。无论是文字的形态，还是字距和行距，凸版用电子排版的缘故吧，总给人一种既视感。相反，活版这边，与司空见惯的东西相比，有种难以言喻的不同感觉。

"这就有点难了。总觉得会被活版吸引，或许是因为两者都摆在这里看的缘故吧？如果只有一种……

"唔——"我迟疑着。

"很难决定的。"

弓子小姐微微笑了笑。

"是啊。"

我也苦笑了一下。

"对了,这个不算是您委托的工作,而是我简单排的版……现在排好的版已经装在机器上了,要不要看看印刷的样子呢?"

"好。"

我点了点头,弓子小姐也微微抿嘴笑了。

我站到上次说的手动式平压印刷机有圆盘的一侧。油墨的气味扑鼻而来。

"这就是排版。"

弓子小姐指了指机器下方垂直的地方。的确有铅字并排安装在那里。不过,只有一行字。

"这个……难道是俳句?"

我凝神注视着。由于文字很小,而且左右反转,虽然只有几个字,但上面写的是什么,一时难以辨认。

"那就印了。"

弓子小姐往机器上的圆盘里抹了一些油墨。

拉动控制杆后,油墨"咕噜"一下摊开了。

一张正方形的纸片安装到铅字对面,压下大控制杆。如同一个大图章被按下来,铅字贴在了纸上。松开后,印出了一行字。

桐树日光照 枝梢一叶飘

我屏住了呼吸。

"这是——"

"杯垫。你讲的俳句的事情十分有趣,我随手做了一个。"

弓子小姐从机器上卸下四方纸片,递给了我。在手感轻柔的纸片右侧,用竖写体印着"桐一叶"的俳句。印刷的只有这些,其他部分是洁白的。俳句的文字里仿佛有声音传出。我不禁为之一震。

清晰的文字,仿佛"铭刻"在上面的感觉。普通的印刷,文字是"贴在"纸上的。活字也并非凹陷,却如同"铭刻"在纸上。看上去,犹如一个个文字都在呼吸着。

"好漂亮啊。"

我终于这么说了一句。

"昨天在那个店里，我一直在思考。来店的客人，一个人来的比较多，就算结伴而来的人数也不会太多，最多是两三个人。大家都各自在看书，或者是小声地说话。即使互相沉默着，也是关系密切的客人们吧。不是那种吵吵嚷嚷聊天儿的店。"

"的确如此。"

"也不像一般咖啡店会放背景音乐，只能听到钟摆的声音。当然，维持现状也不错。如果能为那些客人送上一件小小的，可以使世界豁然开朗的东西就好了。"

"世界豁然开朗？……"

"这首俳句，真的是太有魅力了。能否感受到这种魅力，也取决于读俳句时的环境。我之所以能感受到，大概是因为是在那个店里读的吧？"

弓子小姐淡定又充满激情地说。

"而且，如果是从很多句中读这一句，或

许就感受不到这些。所以,我想着只印一句试试。"

我拿起杯垫,举在眼前看了看。

"我有点明白了。这个杯垫成会为一扇小天窗,可以从这里窥视俳句的世界。是这样的感觉吧?"

"是的。"

弓子小姐使劲儿点了点头。

这一瞬间,不知怎的,我突然感到这正是自己需要的东西啊。

"那个……我也可以印一张吗?"

我望着手动式平压印刷机问道。

"嗯,当然可以。"弓子小姐指了指控制杆,"请印吧。"

我握住控制杆,冰凉的金属的触感传遍整个手掌。

"把这个往下压就可以了吧?"

"是的。"

我往下拉了拉,好重。

"要怎么用力才合适呢?"

"使劲儿往下拉,没事的。"

"拉到这里可以吗?"

我一边斟酌,一边压控制杆。

"再压一点儿。"

我按照弓子小姐的吩咐,多用了点力。

"这样就差不多了。"

我把控制杆倒了回来,纸上清晰地印出了字迹。明明是理所当然地事情,我却不知为何非常感动。弓子小姐拿起杯垫递给我。

"这个请您带回去吧。要过差不多半天时间油墨才能完全干透,之前最好不要碰它。"

像白雪般柔和的纸,上面是一行黑色的文字,给人一种静谧的感觉。

"真是不可思议啊。看到铅字的时候,觉得那么小,不知道写着什么,可这么印出来一看,就全明白了。"

"因为铅字是反转的,只看得到凸起的部分。因为是黑底黑字,所以看不清。印到纸上后,变成了白底黑字,所以能看得清清楚楚。"

我又看了看排列的铅字。铅字字形凸出的部分，印到纸上后，会留下痕迹，跟图章一样。

图书过去也是这么印刷的吗？大概虚子的俳句也是一样。最初被印刷出来的时候，就是这样的感觉。我心里涌起一种不可思议的心情。

"除了营业卡，这个杯垫也可以另外定制吗？"

听我一说，弓子小姐露出了有些惊讶的样子。

"没问题，可是……"

"我感到这就是我需要的东西。"

"真的吗？如果真是那样，我就太高兴了。"

弓子小姐脸上笑开了花。

"明信片、名片也不错，毕竟是文学作品的语言，其中蕴含着强大的力量。活版印刷的费用要贵一些，所以很少有人会想到用活版印书。但是，果然还是活版好。铅字们看上去也显得……精神抖擞的样子。"

名片、营业卡、明信片,大都是记录信息数据而已,与小说、故事和诗歌这些文学作品不同。

"我也是,当看到这些文字时,十分吃惊。犹如俳句的世界清晰浮现……我想把这些提供给顾客。或许有人不会察觉,说不定也有人会想,咦,这是什么?然后细细品味来理解这个世界。如果是这样就好了。"

"冈野先生很喜欢俳句吧?"

听了弓子小姐的话,我心里一震。我喜欢俳句。是这样吗?我的一切,包括俳句,包括咖啡店,归根结底都是都是伯父借给我的,我一直都这么觉得。

"营业卡和杯垫,两者都拜托你了。纸张、字体、油墨的颜色,全部这样就好……文字也还是请使用铅字。铅字一个个排列的这种感觉……特别好。"

我望着刚刚印好的杯垫说。虽然文字部分可以使用三日月堂现有的铅字排版,很快就可以印出来,但梧桐叶的凸版要向厂家订货,所以要一周左右的时间。"试印出来后,我会联系您的。"听了弓子小姐的话,我离开了三日月堂。

5

回到家里,我拿出自己印的杯垫,放在桌子上。我的心静静地怦怦跳着。我拿来玻璃杯,倒入冰块和水,然后放到杯垫上。

好,非常好。倘若顾客能发现它……然后品味它。虽然读完只需短短的一瞬间,却能够体会到类似永恒的感觉。这就是俳句的惊人之处。

我又看了一眼杯垫。我想起来了,原田也说过她喜欢这首俳句。不是喜欢,是觉得可怕吧?

很可怕的,这首俳句。

原田是这么说的。我觉得说这些话的原田

很可怕。她大学比我低一年级，是从盛冈来到东京的女孩。她总是穿一条休闲裤的打扮，也不化妆。我觉得她是个朴素而懵懂的女孩。刚参加俳句部活动时，说老实话，我根本不记得她写了什么俳句。

我参加的大学俳句部是一个有历史传统的社团，前辈们的水平都很高，刚开始我也很胆怯。由于从小就写俳句，所以一年之内，我还算是在优等生的行列里，但痛感自己的俳句终归是小儿科的水平。渐渐受到周围的刺激，我的俳句风格不断发生变化。伯父也说，最近进步不小啊，我已经赶不上你了。我也觉得自己视野不断开阔，越来越敏锐。在俳句部里，我变得更加如饥似渴了。

开始意识到原田的存在，大概是在暑假期间吧？她的写生俳句变多了，一点点展露锋芒。好在俳句部里即使没有人加分，也不会被辞退，她便拿出大量的俳句来。明知撞上南墙会死，她也不回头，而是露出挑战的目光。

不知不觉，我被这样的原田深深吸引。

很可怕的，这首俳句。

原田的声音复苏了。大概是在暑假结束时的一次"吟行会"[1]时吧？我偶然有机会与原田两个人单独谈话，聊到了虚子的"桐一叶"。

"很可怕？"

"一片大叶子忽忽悠悠掉落下来的感觉。梧桐叶不是很大吗？那片叶子越来越大，就这样，变得可以把人遮住那么大……"

原田一边走一边这么说。望着她如同小学生一样，比手画脚拼命描述的样子，我不禁心生怜爱。

"暑假，在前辈们的推荐下，我读了虚子的很多俳句。实在是太震撼了。漫游在那个世界里，会觉得忽而时间延长，忽而空间扩展，完全处在一个《爱丽丝漫游奇境记》的境界。"

"原田同学好有趣啊。"

"是吗？"

原田露出不知为何会被这么说的表情。

---

[1] 俳句组织在召开俳句学习会之前，先去野外采风即兴写俳句，然后回来坐在一起讲评。

"你是怎么开始写俳句的？"

"高中时的国语老师很喜欢俳句。他自己写，也让学生写……我写了后觉得很有意思，一下就迷上了。我喜欢写俳句，也喜欢读别人的俳句。读着别人的俳句，感觉自己会融入那首俳句的世界里去。"

原田抬头望着天空。

"咦，不可思议啊。我就从来没这么想过。"

"那你是怎么想的？"

"按照原田同学的看法，俳句是像水一样的印象吧？但是，我嘛，硬要我说的话，俳句就像石头一样。既有大石头，也有小石头。不过，哪句摸上去都是硬邦邦的感觉，进不到里面去。"

"是吗？……每个人的感觉不大相同啊。"

在这天晚上的俳句会上，我给原田发表的俳句加了一分。互选会上，一开始大家无记名将自己的俳句写在诗笺上。为了避免从笔迹上认出对应的作者，诗笺由别人来抄写。然后大家轮流看抄写的俳句，互相给分。因此，谁也不知道作者是谁。但是,看到那首俳句时,不知为何,我一下就知道那是原田的俳句。

那是一首诵咏黑夜风景的俳句。黑暗的感触深切地浸透到体内,是一种很不可思议的感觉。以前我觉得俳句如磐石,从未觉得可以进到别人的俳句世界里。原田说的会融入那首俳句的世界里去,就是这种感觉吗?

给这首加分的人并不多,但只要有谁称赞,原田就拼命将那些评论的话语记在笔记本上。

过了没多久,我们开始交往。原田比表面要倔强,意志很坚强。而且,有一些我永远无法了解的地方。即使和我在一起,很多时候她也是一副呆呆地望着远方的表情,是把烦恼隐藏在内心的类型。"最近没什么精神呢",我这么问她,可她什么也不对我说。

因为她平时总是直来直去,我真怕她万一有什么事会死掉,所以心里很不安。人即使意识到死亡,也不会那么简简单单就去死。偶尔会有人越过栏杆忽地跳下去。我觉得原田就是这种女孩。

"来俳句部的女生,多半都是心里有莫大的空洞吧?我可不想跟她们相处。如果交女朋友,我不要这样的,还是一般的女孩好。"

有一次,俳句部的一个同级的男生曾经这么说过。

"男人的俳句是技艺、娱乐、爱好、教养、交际……叫什么都行,但都是以社会性为前提的俳句。女部员里有那种女孩,以学习花道、茶道的感觉来学习俳句。但是原田不同。她在俳句里注视着更深远的东西,寻觅着本来没有的东西。她在用人生做赌注。这样的女孩很危险的。"

那家伙与我秉性不合,但看人很准。大学毕业后他进了大企业,听说后来发迹了。如果能像他那样考虑问题,或许我也能在社会上混得不错。

大学四年级的春天,原田突然失踪了。她不再参加俳句部的活动,据说也没有来上课,就那么一个多月音信皆无。房间里没有人，电话、短信也不通。原田本来是下一届俳句部的干事，因此，俳句部的成员和突然被迫代理干事的学弟都很愤怒。

为什么都不跟我联系呢？大概也是因为我找工作进行得不太顺利吧，我心烦意乱地发了几个短信，但都没有回复。一个月后，好不容易得知自己被录用的消息时，她也还是杳无音信。我很不甘心，感觉自己被愚弄了。一次喝醉酒后，我借着酒劲儿，和原田的一个同班同学开始交往。

学期结束时，原田突然在俳句部露面了，说，给大家添了不少麻烦。深深鞠了个躬之后，她拿出了退部申请，但是什么理由也没有说。虽然我对原田的怒气并没有消失，想要说的事也有一大堆，但由于自己和别的女孩开始交往，多少感到内疚，因此，我没有和原田说话。

这是最后一次了。说完，原田参加了这一天的学习活动。

遗骨焚未尽　恍若百合笑

　　在抄写的俳句中，有这么一首俳句。看到它的一瞬间，我心里掠过一丝寒凉。不知为何，我知道它是原田的俳句，心被重重戳了一下。"遗骨焚未尽"，是火葬情景的俳句吗？那，说不定原田身边的人……

　　我心里发慌。唯独这首俳句，深深刻在了我心里。不过，那也许是受到"遗骨"一词的羁绊。也许是原田的俳句，也许是这样。我不敢肯定，犹豫来犹豫去，最后加了一分。

　　不出所料，这首俳句果然是原田写的。虽然也有"句意不明"的意见，但原田没有对俳句描写的情况做任何说明。顾问也不知为何自言自语地说："这种情况的'百合'不知能不能算是季语？"对此，原田也没作回答。就这样，她离开了俳句部，也退了学。

　　那之后过了没多久，我就与借酒劲开始交往的女朋友分手了。她注意到我为原田的俳句加了一分，于是质问我："你知道是原田写的，所以才加的分。你从一开始对原田俳句的评价就比对我的高。从一开始，我就是原田的替身。"说完，她哭了。我没有否认。这时我才发觉，她比原田漂亮，学习成绩也优秀。到了社会上，也一定会顺心顺意。但是对我来说，还是原田更有魅力。

谁也不知原田失踪的理由。俳句部、大学研究小组，哪里都是同样的状况。大家都很纳闷，她为什么要消失？我就职以后，便放弃了写俳句。原田的"遗骨焚未尽"仿佛让我丢了魂。

就这样过了几年，有一次得知职场上的一位同事是原田的高中同学，我便向她打听。据她说，上高中时，原田有一个喜欢的学长，是一个擅长物理、在走廊上走路时也会嘴里嘀嘀咕咕背诵公式的人。

"他戴着一副眼镜，总是穿着开了线的毛衣，对女孩子也完全不感兴趣。当然她是单相思，没有告白就结束了……两年前，那位学长遭遇了车祸，去世了。"

两年前，正是原田从大学消失的时间。

遗骨焚未尽。会不会就是那个人？

她好像也一直没有见过原田，但是传言说原田又考上了别的大学。

我只觉得天旋地转，满脑子都是无法言喻的情感。

说来说去，原田或许一直都在思念着那位学长吧，或许从一开始就根本没有喜欢过我。原来我也是那个人的替身啊。我和借着酒劲交往的那个女孩子一样，太愚蠢了。

说不定就是从那时开始的。我开始觉得自己不过是某个人的替身而已。对原田来说，我是单相思的学长的替身。在公司里也一样，虽然工作成绩无可指摘，但也不是非我莫属。

公司的本质，既不是为了对顾客有益，也不是为社会做贡献，更不是为了培养员工，公司的本质只是为了提高收益。员工都是可以替换的。已经是成年人了还这么稚气，我怕别人笑话，所以这些话从未说出口。但那时的我，每天都为这些想法苦恼。

谁也代替不了谁的。

弓子小姐的话猛然回响在耳际。

是啊,我怎么可能代替伯父呢?

我仰望着天花板。这种事,从一开始就是不可能的。

小时候,我经常来这家咖啡店。店里总是安安静静。来这里的人也都是静悄悄地喝咖啡,只能听到钟摆的声音。店里流淌着时光。不仅是咖啡,伯父还为顾客们提供了那些时光。现在的我,究竟能否做到这些呢?

我从玻璃杯下面抽出杯垫,举在空中,像树叶一样晃了晃。

"因为是黑底黑字,所以看不清。印到纸上后,变成了白底黑字,所以能看得清清楚楚。"

弓子小姐这么说过。真是不可思议。明明那里是有形的,却看不清。印在白纸上后,字迹便会浮现出来。变成"痕迹"之后才明白其含义。俳句也很像"痕迹"一样的东西。人的内心都有思绪,即使能够看到那个人的身影,也看不到思绪。变成俳句的形式、语言的形式,才会呈现出来。思绪的强韧变成了有轮廓的东西，并永久留存。

原田的事情也一样。我一直弄不懂原田在想什么，现在也不明白。俳句却留在我心里，一直记忆犹新。

遗骨焚未尽　恍若百合笑

我把俳句写在杯垫的左侧。看到这些文字，我不禁恍然大悟。说不定百合是骨灰的意思吧？

伯父葬礼时的记忆复苏。伯父终身未婚，所以葬礼的丧主是我父亲。收到火化结束的通知后，在休息室等候的父亲和我来到火化炉旁。炉门打开时，我哑然了。里面犹如鲜花在绽放，白沙里几朵硕大的白花在绽放。我不禁忘记了伯父已死之事，陶醉在那瑰丽的美景之中。

下一个瞬间，我发觉那是骨灰。坚硬的骨灰堆在一起，宛如一束花。

感觉到身体有什么东西脱落了，但我没有

流泪。一个人的肉体完完全全从这个世上消失了,我只感到了这些。在店里冲泡咖啡的手,望着泡沫的眼睛,都不见了。全部变成了那些花。

洁白的百合。

原田也看到那些白花了吧?

我觉得自己终于明白了这首俳句的含义。倘若百合是骨灰的话,那就是比喻,而不是现实中的百合花。当时我没有弄明白,俳句部顾问之所以说"这种情况的'百合'不知能不能算是季语?"大概就是因为这一原因吧?

河边真好啊。

耳中回响起原田的声音。

那是我俩漫步在黄昏的河边时的情景。荒芜的河滩上百合丛生。只有碎石成片的河滩,唯有那里白花绽放,犹如异境的风景在眼前展现。就在这时,走在一旁的原田突然跑了起来。

"真像个孩子。"

我忍不住笑了。

"河边真好啊。我很喜欢。可以回想起过去……"

原田在远处说。她"哇——"地喊叫着，又奔跑起来。我也追了上去。跑到河岸边，我们肩并肩地望着对岸。

记忆中当时原田的样子与往日不同，仿佛在望着某个远处。但现在怎么也想不起来，脑海里只有那片宽阔的河滩的景色。

当时,原田在注视着什么？她说的"过去"是什么时候的事情？高中时代吗？还是更早的童年？流淌在原田内心的大部分时光，我都无从知晓。

火化后能去火化炉旁的，只有真正的亲属。在那位学长的葬礼上，原田不可能到炉旁去。但是，那些"花"，只有在场的人才会看到。是曾有更亲的人去世了吗？所以在学长的葬礼上联想到那时看到的"花"？

原田什么也没有对我说就消失了。或许是紧迫到没有时间考虑我的事情了吧？或许觉得我的事情已经无关紧要了吧？又或许是想回避跟我面对面吧？

我没有质问原田。虽然对原田的不辞而别

也曾气恼过,但即使问,她也不会告诉我这件事的。不过,可能还是因为我害怕吧,怕知道原田的心。对,我是害怕。

得知那位学长去世的事情时,我也只考虑着原田是怎么看待自己的。既没有思考人的死亡,也没有考虑原田的痛苦。我也不想去考虑,我害怕原田背负着我不能理解的东西。

自尊心颇高,最重要的事自己却一无所知,我真是愚蠢。

已故学长的替身。

伯父的替身。

这些,我都做不到。我知道,所谓"想成为不是其他任何人的自己",不过是孩子气的愚蠢愿望。可是,想成为别人的替身,同样也是一种傲慢的表现。

从那时起,我再也没有见到过原田。如果能够重逢……应该向她道歉吗?不,跟道歉还不同。但是,觉得想跟她聊一聊,至少想知道她现在是不是还在写俳句。

我放弃了俳句,是因为我不愿意拖泥带水

地半途而废。但这样的前思后想，或许只不过是我想逃避罢了。

我实在是……

　　桐树日光照　枝梢一叶飘

杯垫上的字迹洇开了。店里的景象洇开了。

不争气的家伙。但是，这么说本身也是在逃避。

"就像这样望着天空。观察花草树木，感受风的吹拂，聆听鸟语虫鸣。不要只是考虑自己的事情，要感受这个世界。"

我想起伯父教我写俳句时的话语。

俳句，再写写看吧。

我祈祷着原田在什么地方健健康康地活着，同时抚摸了一下杯垫上的字迹。

6

一个星期之后，弓子小姐来了，说想请我确认一下做好的印样。她从布袋里拿出一个小包裹，放到桌子上。

打开一看，里面露出一张透着叶子形状的卡片。

"啊，这是……好漂亮。"

半透明的纸上，透着一片黑色的叶子。叶子虽是黑色，却感觉在闪光，沐浴着阳光飘落。让人联想起店名来自虚子的俳句，那首仿佛封存了永恒的俳句。我仿佛真的感觉到叶子在缓缓飘落。字体也是简洁的宋体，但比电脑上看到的设计效果好得多。

"我觉得非常好。"

听我这么一说,弓子小姐释然地笑了。杯垫也无可挑剔。我分别确定了张数,订好了货。

"你这次实在是帮了我大忙了。"

"什么?"

弓子小姐像是不可思议地歪了歪头。

"你帮我找到了我想做的事情。"

还有,原田的事也是……如果没有这张卡片,我也许会把对原田的记忆封印起来吧?

"哪里,这次我也是在摸索中。使用透光的纸,我一个人是不会想到的……都是新的尝试。不过,我很开心,意识到了只做自己熟悉的事情是不行的,更何况俳句中的语言之力很新鲜……我学到了不少东西。"

弓子小姐笑了。

"对了。"我突然想起来了,便说,"'桐一叶'是初秋的俳句。因为'梧桐'是初秋的季语……又因为是店名,最开始觉得有这首就好。但如果顾客熟悉了俳句,季节变了,就会想到要换俳句了。

"我觉得有变化,顾客也会开心。店里常客很多,如果每次来都登载着不同的俳句,一定很棒。

"每季度一次,不,每月更换一次吧。剩余的卡片,还可以在明年的这个季节使用。四季每年都在循环往复。"

四季每年都在循环往复,在运转。我们在这一循环中一点点变老。每年同样的花开,令人欣喜。能感受到与某时同样的风,聆听同样的虫鸣,都会令人欣喜。正因为我们在这一循环中才会变化。我热爱循环的四季。俳句或许就是刻画这一循环的形式。

——我喜欢写俳句,也喜欢读别人的俳句。读着别人的俳句,感觉自己会融入那首俳句的世界里去。

当时原田是这么说的。

——我嘛,硬要我说的话,俳句就像石头一样。既有大石头,也有小石头。不过,哪句摸上去都是硬邦邦的感觉,进不到里面去。

我是这么回答的。我们从一开始就截然不同。就是因为不同，我才会喜欢上原田。

"下一个杯垫用什么俳句呢？"

弓子小姐的话，将我从记忆中唤起。

"初秋是从八月初的立秋开始，到九月初的白露为止。到了白露，我想换成仲秋的俳句。哪首好呢？我考虑一下。"

"明白了。好期待啊。我先把营业卡和'桐一叶'的杯垫印出来。一周后可以送来。"

我不禁雀跃不已。这样每个月增添一种新的杯垫，变化无穷，最后可以得到几十种俳句杯垫。我想象着俳句杯垫琳琅满目地摆在眼前的情景，几乎要高兴得笑出来。

"不过，我也想问问您。虽然合作还没有结束，不如说，合作才刚刚开始……您觉得三日月堂的工作做得怎么样？"

"我觉得很好。营业卡和杯垫我都很满意。"

"不，我是指我们店对人的服务态度……阿春姐也跟我说过了，说我接待客人的方法要再改进一下。比如接电话的态度啦，业务说明啦,什么的。如果有'这里应该这样'的意见,请告诉我好吗?"

"啊,你突然这么说……"

我扭了扭脖子。说老实话,我并不讨厌。虽然是有点儿生硬的感觉,但总比莫名其妙的献媚强多了。而且,自古以来工匠都是板着面孔。

"挺好的。啊,嗯,就是……"

"什么?"

"第一次拜访的时候,心里有点儿不安。不知是否还在营业?我是听阿春姐说了,才去按门铃……"我想起来,便说,"玻璃门里面不要拉上窗帘,让外面能看到里面,怎么样?"

"看到里面?"弓子小姐歪了歪头,"以前我没有考虑过路过的人会进来。不过,是啊,祖父在世的时候,门总是敞开的,所以,有些人看到广告牌,便决定进来看看。对啊,你说得对。"

弓子小姐点了点头,一副钦佩不已的样子,脸上是发自内心的赞许的表情。真是个怪人。

不灵活,死认真,工匠气质。跟原田有相似之处,但又不一样。我想,这个人就是这个人。我望着营业卡和杯垫,"扑哧"笑了。

7

梅雨季节一过,我就收到了营业卡和杯垫。顾客的反馈不错。营业卡放在收款台,很多客人都会带一张回去。另外,当有人说想要杯垫的时候,我会递上没用过的新杯垫。

"这个很不错,我可以带走吗?"

一天,那位戴帽子的顾客结账时,拿着杯垫说。

"我给您拿张新的吧。"

"不,不用了。这些玻璃杯印的痕迹也可以作为纪念。"

戴帽人笑了笑,把杯垫装到包里。

"我听老店长说店名的由来是虚子的俳

句……啊，我以前也是做跟俳句有关的工作。"

"跟俳句有关的工作？"

"我是俳句类出版社的编辑。很久以前就退休了。这个杯垫的文字是活版吧？"

"嗯，是的。"

"好亲切啊。而且，这么一看，觉得非常好。俳句很醒目，文字美与俳句内容相得益彰。这样写在杯垫上，可以映入大家的眼帘，又没有强加于人的感觉。很有创意。"

由于经常在店里看到他，所以我不觉得是外人，但跟他说话还是第一次。

"老店长也作俳句吧？"

"是啊。"

"果然。我一直觉得是这样。他虽然没有说过，但我隐隐约约感觉到了。我总是在想象，他会写什么样的俳句呢？"

戴帽人呵呵笑了。

"这家咖啡店是我的安身之处。有好接班人了，太好了。你是老店长的侄儿吧？咖啡的味道，咖啡店的精神，都继承下来了。"

"真的吗？"

我的心脏紧缩了一下。

"说实话，老店长刚去世的时候，很多方面还不太行。但是最近一下子好起来了。今天的咖啡跟老店长冲泡的是一样的感觉了。"

我惊呆了，什么话也说不出来。

"已经没问题了。我是这么想的。"

戴帽人的微笑，令我百感交集。

是吗？是这样啊。这家咖啡店里的氛围，并非伯父一个人营造的，是他与顾客们共同营造出来的。而且，我也是。我也要和顾客们一起营造这家咖啡店的未来。

"这个杯垫，我准备每个月更换一次内容。"

"哦，下一次是什么时候？"

"九月。到了仲秋,我会提供不同的杯垫。"

"那很令人期盼啊。"

戴帽人微微一笑。

一想到有人在期待，我心里不免有些紧张。但是，好高兴。什么时候，把伯父的俳句也印在杯垫上吧。戴帽人会发觉吗？

"谢谢你美味的咖啡。我还会再来的。"

戴帽人推开门,走到了外面。

谢谢你美味的咖啡。这句话在我耳中慢慢融化,不断蔓延。

湛蓝的晴空上涌起了滚滚白云。

星星的书签

1

暑假结束过了一个星期,新学期开始时的忙乱稍稍告一段落。从学校下班回来,我逛了逛久违的一番街。

我在川越的一所私立高中工作有十年了。平时总是从车站坐公交到学校,我很少有机会慢慢看一看川越的街道。今天,我受母亲之托,顺路去一番街附近的酱油店。

出了酱油店,在回一番街的半路上,天下起了雨,大滴大滴的雨点。我没有伞,正犹豫要怎么办时,突然看到一块立在外面的咖啡店广告牌。

"桐一叶",是我过去来过一次的咖啡店。

我想起白发老伯冲泡的咖啡，好喝得让人难以置信，让我大吃一惊。好久没来了，再去喝一杯那种美味的咖啡吧。

我推开"桐一叶"有些笨重的木头门。"咣当"一声后，门关上了。雨声猛然停止，周围突然变得一片寂静。

"欢迎光临！"

我坐到吧位上，听到一个男人的声音传来。咦，我愣了一下。柜台里面，是一个年轻（话虽这么说，其实跟我差不多或稍微年长）的男人。

不是老伯。惊讶的同时，我有点失望。或许喝不到那种美味的咖啡了。我望着菜单，点了跟以前一样的"深焙咖啡"。店员用平静的声音说"知道了"。听了这句，我又愣了一下。跟那时老伯的声音好像啊。明明年龄不同，是氛围吗，还是说话的语气？听了这声音，我的期待稍微提升了一点。

"请喝水。"

店员把杯垫和水杯放在桌子上。我发现雪白的纸杯垫一隅写着一行什么字，凑近一看，不禁惊呆了。

　　心内星灼灼　斗柄月夜明

　　是俳句。高滨虚子著名的俳句。我的目光被印在白纸上的清晰字迹深深吸引。是刚劲有力的语言，而那些文字一个个恰似一颗颗星星。

　　一股香味飘来。咖啡壶里，咖啡沫轻柔地涨起。店员缓缓地转动热水壶注入开水。我不由得回想起老伯的身影。那时老伯也是这样缓缓地转动热水壶，一点一点注入开水。柔和的咖啡沫膨胀起来……

　　咖啡端来了。

　　"那个……"我先搭话，"这是虚子的俳句吧？"我指着杯垫问道。

　　"是的。"店员微微一笑，"您喜欢俳句？"

　　"咦，不，那倒不是……我是在高中教国语的。这个杯垫真漂亮啊，以前来的时候好像没有……"

"是最近开始用的。每月一句,打算每个月更换一次。"

"不错啊。是谁的创意呢?"

"是我。"

店员很害羞的样子。

"其实这里的店名也是来自虚子的俳句,不过是我伯父起的。"

"您伯父,不会就是那位白头发的……"

"是的。伯父很喜欢俳句……三年前去世了。现在我是店主。"

原来是这样。我只是那时见过老伯一面,而且几乎没有说过话,可不知为什么我感到有点寂寞。原来如此,这个人是那位老伯的侄子,难怪感觉很像。

"请慢用。"

店员回柜台里面去了。我端起咖啡,好香啊。我闭上眼睛,喝了一口,好喝。浓香四溢,令人陶醉。跟老伯冲泡的咖啡一模一样。那位新店主,一定是修炼了很久吧?

还有这个杯垫。仅仅是白纸上印了文字而

已，正因如此，更突出了俳句只有一句话的惊人之处。

"这个，您若是喜欢可以收下。是上个月的，店名由来的'桐一叶'的俳句。"

店主从柜台里递过来一个款式相同的杯垫。相同的形状，相同的纸张，和"桐一叶"的俳句。到了十月，还会换成别的俳句吗？看来每个月都得来了。

"文字很漂亮吧？这是活版印刷。"店主说，"这条街上有一家很小的活版印刷厂。我在那里印的。"

"真是很少见啊。跟一般印刷的氛围不同，每个字都很有存在感。"

"是吧？我也是被这一点吸引了。怎么说呢？好像被淋漓尽致地刻画出来，有一种独特的氛围……"

正方形纸上的一隅，一行字。刚才我感到一个个文字很像星星，或许就是因为这种深深刻画的缘故吧？这就是活版印刷的文字吗？

我在学校里做文艺部的顾问。第一学期社

团活动时，读了宫泽贤治的《银河铁道之夜》。开头有一段焦班尼在印刷厂里工作的场景。这时我想起，当时部员们都不明白"拣铅字"的意思。

"那家店在哪里？"

"就在鸦山稻荷神社附近，叫三日月堂。"

鸦山稻荷神社……我好像听说过，但不知在哪里。

明天是第二学期的第一个活动日。给部员们看看这个杯垫吧。

"咣当咣当"，传来关门的声响。一位顾客走了。雨好像停了。

我这才发觉过了很久。我把杯垫小心地装进手提包里，从座位上站了起来。

2

"这是什么呀?"

社团活动前,我拿出从"桐一叶"带回来的杯垫,二年级学生村崎小枝跑过来察看,眼里放着光。

"是杯垫吧?啊!上面写着字呢。"

小枝是文艺部的干事,是一个踏实又可靠的学生。她读过很多书,读后感多次获奖,而且颇有领导能力。

"嗯,你知道这是什么吗?"

我笑着望了望她。

"是……俳句吧?"

小枝歪了歪头。

"是的，两首都是高滨虚子的俳句。以前在课堂上学过，还记得吧？像'虽谓白牡丹，却染一抹红'啦，'举目远山前，薄日照荒原'啦。"

"啊！就是那个写'去年与今年，相连如木棍'的人吧？"

对短歌和俳句都感兴趣的小枝，目不转睛地注视着杯垫。

"哇啊！这是俳句？太酷了吧？'心内星灼灼，斗柄月夜明'？'斗柄'是什么意思啊？而且还说'灼灼'……这个也太厉害了吧？"

身后传来山口侑加的叫声。侑加也是二年级的学生。她感受性很敏锐，创作的作品很难相信是出自二年级学生之手，远远超出其他部员的水平。她连连叫着"太厉害了太厉害了"，把杯垫拿给其他部员看。

"这是在哪儿买的？"

小枝瞟着大吵大嚷的侑加，问我。

"别人送的。一番街一家叫'桐一叶'的咖啡店。"

"咖啡店?不会是垫着这个杯垫把水端出来吧?那也太酷了吧?"

侑加眼睛瞪得更大了。

"这样的东西,我们也好想做……"小枝自言自语,"马上要开始筹备'梧桐文化节'了。文艺部以前总是只卖社刊,今年好想做些这样的东西……"

"这个主意不错。"

听了小枝的话,侑加马上附和着说。

其他部员也异口同声地说"我也想做"。我们这座私立梧桐学园,每年十一月都会举办一次"梧桐文化节"。文艺部往年会编辑整理社员的原创作品,做成社刊销售。

"比如可以从自己喜欢的书里摘录印象深刻的一句话,然后印刷……"

小枝仰望着天花板,这么说了一句。

"有文艺部的特色,很不错呢。但不一定非要做成杯垫。"

我回答说。

"卡片呢?"

"书签什么的……"

"书签好。"

大家异口同声地说。

"不过,这个杯垫好像跟一般的印刷不太一样哦……"

侑加盯着杯垫看来看去。

"是吧?这个叫活版印刷。店里的人说的。"我说。

"活版印刷?《银河铁道之夜》里出现过。"

"这就是活版印刷啊……"

大家一齐看向杯垫。

"说是一番街附近有一家活版印刷厂,可以委托那里做。"

"川越还有这种地方吗!"侑加叫了起来。"太厉害了吧。活版印刷哟,焦班尼工作的地方哟。"她的语气兴奋不已。

"啊,那个,那是……"

周围的同学们看到侑加情绪高涨,都朝后退了一步。

"梧桐文化节的事下次再说,好想先去那

家印刷厂看看！"

侑加手舞足蹈地嚷着。

"这种印刷本身就很绝妙。正因为是这种印刷，所以才这么漂亮，肯定是。"

"不过，听说活版印刷很贵的。我们恐怕负担不起吧。"

三年级的部员说。

"我觉得把电脑做出来的东西，用印刷机印在漂亮的纸上，就可以做得很漂亮。可以放上图案和插画……"

"但是……不知为什么，这种印刷，我无条件喜欢。"侑加说，"多妙啊，白纸上只有一行黑字。如果加上图案和插画的话，就完全不同了。"

大家缄口无言，又盯着杯垫看了起来。

"好吧，我觉得我们部做的书签可以用印刷机来印。但是跟这个没关系，我想去活版印刷厂参观一下……不知行不行？"

侑加说。不是要定制，而只是参观，恐怕没那么简单。

不过，请"桐一叶"的店主介绍，或许……参观印刷厂作为文艺部的一项活动也不错。

而且，说实话，我本人也很想去看看。

"不知能不能行，但我可以先跟'桐一叶'的店主打听打听。"

"真的吗？"

侑加高兴地叫道。

"说是就在一番街附近，我想不太远。"

"在哪一带？"

小枝问。

"说是在鸦山稻荷神社附近。具体在哪儿，我也不知道。"

"我知道。"

小枝说。文艺部的同学们都是从外地来这里上学，只有小枝是土生土长的川越人，城市的街道，她十分熟悉。

"从仲町的十字路口往左拐……有一家酱油店的那条小路的尽头。"

"酱油店？"

我看了一眼小枝。

"可以参观江户时代的货仓，名叫松岛酱油的老字号酱油店。"

就是我那天去的那家店。原来那前面有一家印刷厂啊。那条路只有一些独门独户的人家和田地，是一条十分僻静的小路。

"社团活动结束马上去吧！"

侑加迫不及待地说。

"去了又怎么样？冒冒失失地去了，人家不会让我们看的。"

小枝无可奈何地看了一眼侑加。

"从外面看看就行！"

"那我也去。"

我说。知道了地方，更想去看看。

"真的吗？不愧是远田老师，善解人意。"

"不过，要等社团活动结束。说好今天要交暑假课题的。"

暑假的课题，是短篇小说一篇或诗一首，也可以写十首短歌或俳句。之后的社团活动会推敲修改这些作品，然后登载在梧桐文化节贩售的社刊上。

大家都从书包里拿出手稿或者打印稿。但是，很多成员都说才写了一半，还没有完成。

"山口同学呢？"

我看了看侑加。

"对不起，还没写好！"

她回答得很干脆，而且声音洪亮。

3

社员里有要去补习班上课的,有家里不允许晚归的,最后,要去找印刷厂的,只有小枝和侑加两个人。

小枝带路,我们拐过酱油店的街口。最近一番街的小路上也增加了不少店铺,但这里是一条只有普通独户住宅的僻静小路。

"是那里,那好像是一座室町时代的神社。"小枝说。

"你好熟悉啊。"

"上小学的时候,社会课有一次要调查川越的神社。不过,我还不知道这里有印刷厂呢。"

"没有一般的工厂那么大,说是一座白色

的四方形建筑。"

"咦,会不会就是这里啊?"

身后传来侑加的声音。她正凑近神社斜对面一座建筑物上的广告牌查看呢。的确是一座白色的四方形建筑。

"上面写着'三日月堂'。哇——太酷了。"

朝玻璃门里面张望的侑加,一下子惊呆了,站在那里一动不动。

"怎么了?"

我走近问。侑加不作声,用手指了指店内。

"这……是铅字?"

我也不由得叫了一声。玻璃门对面,整整一面墙的架子上,密密麻麻摆满了四方形的小东西。跟照片上看到的铅字架一模一样。

"天哪,太惊人了!"

"太酷了!"

就在我们茫然地站在那里发愣的时候,里面有人走出来。

"有什么事吗?"

门开了,一位年轻的女子站在门边。我有

些不知所措。说是活版印刷，我还以为一定是一位上了年纪的人在经营……

"那个，这里是活版印刷厂，对吧？"

侑加问道。

"是啊。"

女子点点头，声音低沉、稳重，是比我年轻一点女性。她是这里的亲戚吗，还是员工？

"不好意思。我在市内一所叫梧桐学园的高中工作。我是国语老师，叫远田真帆。我在'桐一叶'看到了杯垫。"

"啊，俳句的。"

"是的。我听店主说是请这里印刷的。这两个孩子是我做顾问的文艺部的学生，我跟她们说了杯垫的事，她们就说想看看是在什么地方印刷的。"

"那个杯垫实在是太酷了。"

侑加从旁边冲过来说。

"这……太谢谢你们了。"

女子略显胆怯地说。

"那个，店里的人呢？"

我问。

"我……就是三日月堂的店主,我叫月野弓子。"

"店主?……"

这个人?这个人就是店主?

"那个,能够让年轻人感兴趣,我好高兴。我也去过梧桐学园,十一月不是有文化节吗?过去我看过……可以的话,要不要进里面来看看?"

"欸,但是……我们都没有委托……"

"没关系。我正好想休息一下,请进吧。如果你们也有时间,就进来看看再走吧。"

"真的吗?那谢谢了。"

我还没来得及阻止,侑加已抢先进去了。

"太神奇了!"

小枝和侑加都屏住呼吸,呆呆地环视着屋内。屋子里并不宽敞,大概只有教室的一半大吧。四面墙壁立着的架子,一直通到天花板,所有地方都填满了暗银色的铅字。

据说这里原来是弓子小姐祖父开的印刷厂。五年前祖父去世后，印刷厂就关了。最近弓子小姐回来，才又开始营业。

"要从那些架子上一个一个拣铅字吧？太不容易了。我还是第一次看到真的铅字。我都不知道，所谓'铅字'，原来是这样的物体啊。"

侑加感叹道。

"现在电脑什么都可以做。你们一定不会想到还有像这样，把一个个字形的图章摆好后再印刷的吧？"

弓子小姐笑了。

"怎么找字呀？"

"跟汉和辞典的排列顺序一样哦。据说过去的排字工可以一边聊天一边以惊人的速度拣铅字。"

弓子小姐说。

这么多可以拣完吗？

猛然，《银河铁道之夜》里印刷厂场景的台词在脑海里复苏。

大学时代，我加入了戏剧部。三年级时，社团排演《银河铁道之夜》，我扮演焦班尼。《银河铁道之夜》是一部充满谜团的作品。为了把握角色，书页已被我翻烂，不光是自己的台词，所有角色的台词，我全能背下来。直到现在，那些台词还在我脑子里。所以，对我来说，《银河铁道之夜》是一个倾注了特殊情感的故事。

在印厂的场景里，焦班尼接过别人递过来的纸片，从架子上拣铅字。周围架子上的一个个铅字，宛如一颗颗星星，如同在文字的天河里，拾起一颗颗叫铅字的星星。

"真的就是《银河铁道之夜》的世界啊。"

听到我的自言自语，弓子小姐微微笑了。

"焦班尼就是从这样的架子上拣铅字的啊。拣好的铅字放进一只扁木箱里……"

我一边回想着剧中的动作一边说。

"啊，是铅字盒吧？这里也有。"

弓子小姐轻轻拿起一只立在墙边的小箱子。

"这个巨型的大家伙是干什么的？实在太

酷了!"

传来侑加的声音,她正站在一台足有小轿车那么大的机器前面。机器的形状很像织布机,大概是钢铁制造的吧?是漆黑的金属机器。

"是印刷机。那台机器的话,还可以印书。不过很难调,我还不会操纵它。我经常用的是这台和这台。"

弓子小姐指了指一台箱形的机器和一台带圆盘和拉杆的机器。

"这个叫手动式平压印刷机,完全是手动,只需用手上下拉动控制杆。"

弓子小姐指着带圆盘的机器,稍微拉了拉旁边的控制杆。

"这个,可以印名片、明信片、便笺之类的。"

"装在这里的就是铅字吧?"

侑加指了指机器的下方。

"对的。放到这种盒子里排好,再安装到印刷机上。"

"每个文字都有躯体,要把这些排列成文章吧?"

侑加很有感触地说。的确,任何文章都是由文字组成的,是由这条文字天河里的星星们构成的。

"这个,好想让大家都看看啊。"

小枝说。

"可以来参观,只要事先联系一下就行。"

弓子小姐微微笑了笑。

"真的吗?太好了!"

侑加手舞足蹈起来。

"有没有体验工作坊呢?"

我问道。

"体验工作坊?"

"嗯,以前看过报道,就是介绍活版印刷工作坊的事。说是来访者要自己亲手排版,印名片……"

"那不错啊,我也很想试试。"

侑加叫了起来。

"以前没有考虑过,但我觉得可以尝试一

下。只要有铅字和手动式平压印刷机，在哪里都可以印刷，多琢磨一下，或许还可以上门办体验工作坊呢。"

上门办体验工作坊……

梧桐文化节的预算里面包含由教员支配的特殊经费，只要是有教育意义或是文化方面的项目，都可以申请。体验活版印刷，或许可以算在体验传统文化范畴之内。如果跟国语科里的老师们商量一下，说不定……

"那，假如请你参加文化节，你觉得有可能吗？"

我问。

"啊，我想可以的。"

"能不能成，要回学校跟大家商量一下才知道。"

总之，先交涉一次试试。我请弓子小姐将具体条件过后用邮件发给我，然后带着两个学生离开了三日月堂。

4

在梧桐文化节上办活版印刷体验工作坊的计划,很容易就通过了。例年举办的传统艺术体验教室,因主办方的原因,不能如期开办。于是那部分经费就拨给了我们。预算经费相对于三日月堂提出的上门服务费来说简直绰绰有余。文艺部制作书签的费用,也可以包含在预算内。

由于是国语科和文艺部共同的计划,办展与体验工作坊的运作均由文艺部负责。

干事小枝和难得显得很积极的侑加被任命为负责人。

社团会议上,小枝建议:"大家可以从不

同的作品里挑出一段节选文字。既然是用活版印刷,不如大家都从《银河铁道之夜》中选一段自己喜爱的文字。"

"那干脆把整个教室布置《银河铁道之夜》的世界好了。""在墙壁上贴满书签,把墙壁营造成夜空的氛围。""部员们搞一个印厂排字工形象的工作服时装秀怎么样?"各种点子层出不穷,方案顺利推进。

最后决定,先由部员选出印在书签上的文字,再由三日月堂提前印好。

我和小枝、侑加带着列表一起送到三日月堂。

"我会带一台手动式平压印刷机和九磅大小的铅字去当天的体验工作坊。当然不可能把铅字全部带去……会带平假名和片假名,还有大写数字、浊音符号以及'大出张'……"

"'大出张'是什么意思?"

侑加问道。

"啊,不好意思!这是活版用语。我上次不是跟你们说了吗?铅字,是按照汉和辞典的顺序排列在这些架子上的。"

我们三个点了点头。

"使用频率特别高的文字，会单独放在一个专门的盒子里 。"

说着，弓子小姐从架子上抽出一个盒子。

"特别常用的是'袖盒'和'大出张盒'。'袖盒'里有大写的数字、假名的浊音符号，还有年号和地址经常使用的文字……"

弓子小姐指着盒子里面的铅字说。

"年、月、都、县、市、町……印厂要印各种各样的文件，报纸、公报、政府文书、名单、发票、名片、贺卡……就是这些文件上经常使用的文字。我想起来了，我们还曾经制作过梧桐学园的学生手册呢。"

"学生手册？"

小枝和侑加互相望了望。

"但是，这次的体验工作坊，不太需要排版地址和年号的铅字吧？"

"是啊。"

"所以，大写数字和浊音符号先放在别的

盒子里，只带着'大出张盒'去就可以了。盒子里常用汉字放了一百一十七个。"

"一百一十七个？"

"是的。小学使用的汉字就有一千多个呢，所以不算多。到时候从集中了一般常用字的'出张盒'里，也选出一些可能会用的铅字带去。即便是这样，也不一定能凑齐大家想要的汉字……"

"那么，不能用汉字的地方，就用平假名代替吧。"

我回答说。

"决定了不少事情呢，有点儿兴奋了。"

回来的路上，小枝说。

"大家都干劲十足，准备工作进展得很顺利。时装秀，绿山同学的妈妈很会裁剪衣服，据说她会来帮忙。墙壁布置的方案由汤本学长和堀学长在做呢。"

"书签是由古川和伊藤负责吧？"

"是的。在体验工作坊上制作的书签好像

还要打孔，系上丝带。"

"她们俩说考虑到与活版印刷搭配，太可爱的丝带不行。好像已经跑了好几次手工材料店，正在挑选呢。"

侑加"扑哧"笑了。一年级的古川和伊藤平时总是很文静，让人觉得难以捉摸，原来喜欢做这些事啊。大家都在积极地发挥自己擅长的内容，在努力配合我的工作呢。看样子，今年的文化节一定能办得十分圆满，我不禁一阵欣喜。

"啊！不过，社刊要赶紧做出来。一心扑在办展和工作坊的事情上了，对于文艺部来说，社刊的发表是必不可少的。"

暑假课题基本收齐了。一、二年级部员的作品，经过反复推敲，已经到了可以发表的程度。忙于准备高考，迟迟未交的三年级部员的稿子也终于全部交齐了。

只剩下……侑加了。

"山口同学，你还没交吧？"

"啊，对不起！我还在写呢……不，我明

明想写来着……"

侑加的表情有些忧郁。

"可能是情绪低谷吧。想写,可好像无论写什么,都觉得不行,也许是因为读了宫泽贤治。"

侑加迷惘地说。

"你说什么呀?大家都很期待侑加的稿子呢。"

小枝无奈地说。

"嗯,嗯。"

侑加有非凡的才华。在创作幻想小说时,她能营造出一种独特的世界,是部员中的佼佼者。

那孩子跟别人不一样。看了社刊的国语老师也都这么跟我说。但是,她也有不安定这样的缺点。她经常不参加社团活动,这次也是,不是偷懒没有写,而是过了截止日期还交不出稿子来。后来我发现了,由于完美主义和自尊心在作怪,写不出来时,她也不会表现在脸上。

"不过,下周一就要印刷了哟。这样下去,只有山口同学的作品登不上了。"

我开玩笑地说。

"那……可不太妙啊。只有自己没有登……那太不甘心了。"

侑加发出一阵干笑。

"可是,再不印就来不及了。这周末是最后期限哦。"

"知道了。"

侑加小声嘟哝了一句。

5

星期五午休时,侑加一个人来到教员室,说还是写不出来。

"虽然很不甘心,但这次的部刊还是把我去掉吧。"

她垂着头,没有了平日的活泼。

"一点儿也写不出来吗?还是写了一半卡住了?"

"写了一些。写了一半吧?不过……"

侑加圆圆的眼珠盯着我这边。

"我觉得这样的东西,写了也没什么意思,不过是自我满足。"

话说一半时,侑加移开视线,耷拉着脑袋

小声嘟哝，最终沉默了。

"那篇作品，不想接着写了吗？"

"不，我想写，很想写。可是写不出来。"

侑加一副很可怜的样子。看到她这种表情，我忽然感到，那或许是迄今为止对于侑加来说最重要的一篇作品。正因为太重要了，所以难于下笔。

"那，周末再加把劲儿，试试看？"

"欸？可以吗？"

"交付印厂是周一。那之前如果能拿来，我可以想想办法。"

"明白了，我试试看。"

侑加睁大眼睛，是从没见过的认真表情。

星期天晚上，就在我备完课准备休息的时候，电话铃声突然响了。

"那个，是远田老师吗？我是山口，山口侑加。"

"怎么了？"

"作品，写出来了。那个……实际上，今

天我一个人坐电车去了海边。"

"欸?"

"我一直想写一个去海里的故事,想着实际看到大海,也许会有什么灵感。结果,真的是,好像'哇——'的一下子就写出来了的感觉……"

"完成了?"

"嗯!不过,不知这样行不行?好像又没有信心。我想让老师看看。我马上用邮件发给您,可以吗?"

"好的。发过来吧。"

电话放下没多久就收到了侑加发来的邮件。我打开附件,读起她的作品。

一天醒来后,主人公发现自己变成了一条鱼。虽然可以在空气中浮游,但身姿是透明的,镜子也映照不出,她的父母也没有发觉。到了外面,她想去寻找梦中看到的大海。她在空中浮游着来到车站,乘上电车。谁也没有发现主人公。到达海边的车站后,主人公下车朝海岸游去。

主人公在此想起，明天自己的那个家就要消失了。因为父母离异，他们要搬家了。主人公觉得，或许自己就在这里消失了也不错。就这样，当游进海浪里时，她产生了一种释然的感觉。

这是一篇幻想小说，却有一种现实的感触。以一条孤独的鱼的视角描写城市和电车里的那段情景，刻画得很有气势。这是一篇充满了活着就是无可奈何的悲伤与残酷之感的作品。

我立即给侑加打电话，说作品就原封不动地登载到社刊上吧。

"这样可以吗？"

"当然可以。只是你自己要再检查一下有没有错别字。"

"知道了。不过，我还是有点不安……我马上让小枝也看一看。"

侑加说完，挂了电话。

黎明时分，侑加把作品发给了我。到了学

校，我抽空把全体成员的作品编辑好，送到了印厂。重新再读，不由得感到这次侑加的作品尤其与众不同。我想等见到侑加后，好好跟她谈谈感想。

但是，星期二和星期三，侑加都没有来参加社团活动。第二个星期也是。人来学校了，可一下课好像就直接回家了。

明明对活版印刷的活动也倾注了那么大的热情，究竟是怎么了？想起社刊上的作品内容，我有些不安起来。作品虽然不错，但最后进入大海的那段描写，笼罩着一种仿佛死亡气息的不安氛围。

侑加是个不可思议的女孩。作品总是冷冷的，十分孤寂。但是，平时的侑加情绪高昂，看不到她有消沉的地方。或许那正是她绝对不想让别人窥视的真面目呢？

我不放心，便向侑加的班主任打听，但回答是什么也不知道。因为她本来就是个不安定的女孩，就在我犹豫要不要跟她联系呢，文化节到来了。

放学后,我来到文艺部,见到了小枝的身影。她正在和其他二年级的同学一起,搬运展览使用的模造纸。可是不见侑加的身影。

"村崎同学,最近山口同学好像没有来,你知道什么情况吗?"

我跟小枝搭话。

小枝垂下头。

"昨天我也叫她了,可她没理我。打电话、发短信,都没有回复。"

"出什么事了吗?"

"是有些可疑的地方,但不知那是不是原因……"

小枝叹了一口气。可疑的地方是什么呢?

"今天活动结束后,是要一起去三日月堂的吧?"

小枝抬起头。说好了的,三个人去取印好的书签。

"我想侑加不会来了。只有我可以吗?"

"那……也可以……"

我犹豫不决地回答说。出什么事了？真让人不放心。不过，有其他部员在场，现在要加快准备工作。我决定侑加的事等去三日月堂的时候再问小枝。

社团活动结束后，我和小枝两人到三日月堂取印好的书签。

没有写名字，所以不知大家各自选了哪些句子，但这么印出来一看，不禁被书签的精美感动得说不出话来。

"太漂亮了。"

小枝的声音有点颤抖。

"谢谢你了。委托你这里印刷，真是太好了。"

听我这么说，弓子小姐腼腆一笑。

"噢，对了，我从祖父的书架上找到了这个。"

弓子小姐拿出一本旧书，是一本装在盒子里的精美的书。

"《校本宫泽贤治全集》。是旧版的……"

盒子上印着标题和一幅小小的画。抽出来

一看，是一本蓝色的布面书。封面上是烫金的文字。这名不虚传的文集，我听说是二十世纪七十年代编辑的，后来成为宫泽贤治文本的底本，但我还是第一次看到它。九十年代开始了新版的编辑，二〇〇九年才出完。现在学校图书馆里收藏的都是《新校本宫泽贤治全集》。

"《银河铁道之夜》是一部未完的作品，据说草稿有好几种。在收录到这套全集里之前，都还没有完全理清，书上刊载的都是第一稿至第三稿这种原稿、修改稿混杂在一起的形式。而这套全集收录的第四次修改版，是这部作品的最终形式，也是首次以这种形式收入全集。"

"原来是这样啊。"

小枝一副惊讶的样子。

"《银河铁道之夜》现在还有缺失的地方，是一部未完成的作品。小说里有作者自己也不明白的'深处'吧。所以一部作品直到完成，需要很长的时间。"

"是啊。"

弓子小姐点点头。

"有整套的全集,您祖父一定很喜欢文学吧?"

我捧着那本旧书,问弓子小姐。

"不,祖父是个名副其实的工匠。虽然对印刷行业很精通,但并不怎么喜欢看书。全集是父亲买的。我父亲喜欢宫泽贤治……但最后还是选择学了理科。这书是父亲离开家时留下的。"

弓子小姐说。

我"哗啦哗啦"翻着书页。到处有铅笔的标注,是很工整的小字。一定是弓子小姐父亲的字吧。

"这本书是活版印刷吗?"

小枝问道。

"我想是的。"

弓子小姐回答说。

"那,这本书所有的书页,都是用铅字排版的?"

"应该是这样。"

"全集全卷所有书页的排版……相当庞大

的量啊。"

想一想都头晕了。

"是啊。组好的版会用绳子捆起来保存好。加印的时候,可以直接印刷。最初的排版如果发现错别字,只要更换那些字就可以了。"

"不过,那么多排版,全部保留的话……"

"需要占用相当大的地方。所以,一旦判断为绝对不会加印,就会毁版的。铅字也会拆版,也就是说,全部拆散。这套全集估计没有再版,大概已经毁版了。那些铅字恐怕也已经全都没有了。"

弓子小姐俯视着书说。

"太不可思议了。版和铅字都没有了,但印刷出来的文字还这样保留着。即使实体消失,影子依然留存。影子成为实体,留存至今。"

真的是很不可思议。为这本书排版和拣铅字的人恐怕早已不在了。铅字、印刷机都没有了,然而书还原封不动地保留着。

即使这本书没有了,宫泽贤治的故事也会移植到别的书上,继续延存。就这样,故事留在无数人的心里,有时还可以改变某个人的人生,永存于某个人的心中。语言真是一种不可思议的东西。

"噢,我想起来了,还有一位同学今天怎么没来?"

弓子小姐这么一问,我也猛然想起来。

"是侑加吧?她今天好像……有点儿不舒服……"

小枝嘟嘟哝哝地回答。

"是个很细腻的孩子吧,可以看到别人看不到的东西。"

弓子小姐说。好敏锐啊!我想,这个人很有洞察力。

6

"那本书,好精致啊。"

走出三日月堂,小枝对我说。

"《宫泽贤治全集》?"

"是的。总觉得旧版书跟现在的书不一样。封面还是布皮的,装帧、内页的纸张、印刷都……"

小枝一边思考着,一边嘀嘀咕咕。

"我以前好像从来没有考虑过《银河铁道之夜》是什么人写的。当然我也知道作者是宫泽贤治,但总觉得故事只是孤立地存在于这个世界。其实不是的。我现在才觉得,写那个故事的人是真实存在的。"

怎么回事，我也有类似的感受。宫泽贤治在那套全集编纂之前早已不在人世。不知为什么，最初看到那本书，我会强烈地感到是这个人写出来的东西。

"作者虽然已不在人世，作品却保留着，被大家铭记于心，影响着读者的人生，引出种种解读……不过，最开始是由作者的思念产生的东西。宫泽贤治也和我们一样，曾经有血有肉地活着。他是把无论如何都想记录下来的思念写成了故事。我想，原来是这么一回事啊。"

我望着天空，渐暗的天幕上开始出现星星了。

沉默了一会儿，小枝说："那个……侑加的事……"

"嗯，我也有点不放心。我正想在回来后问问你呢。出什么事了吗？"

"该说是出了点儿事呢，还是没有呢……"小枝支支吾吾地说，"不过，说不定是因为社刊上刊登的作品。"

"那篇作品啊，我觉得不错。村崎同学也

读过了吧？"

"是的。星期天夜里，她突然发来……说让我帮她确认有没有错别字。时间太晚了，我还有别的事，觉得有点儿为难。侑加总是到了截止日期也不交稿，我一直很担心……"

小枝说。文化节发表的是一年一期的专刊，由我编辑好后，拿到印厂印刷。平时的小册子，一般是由干事全权负责，用校内简易的印刷机印制。我知道，小枝总是为收稿煞费苦心。

"等着交稿很烦的，我理解你的心情。"

"这次也是拖了又拖，给老师也添了很多麻烦……所以，那个时间发来，还说让我马上回复……我有点儿火了。不过我想，如果不处理，还会给老师添更多麻烦，所以就读了起来。"

小枝叹了一口气。

"看了开头，我觉得作品很不错，于是很快被吸引住了。侑加果然很了不起。但是，读到一半，不知为什么，我觉得心里很难受……"

"为什么？"

"可能是……嫉妒。自己写不出这样的东

西来。无论如何也写不出侑加这样的作品。这或许是才能之差吧。可是我却要像这样为她检查错别字……而侑加从未仔细读过我的作品,每次感想也只是说一句,很好哟。"

小枝垂下头。

"的确,山口同学的作品中是有一般人没有的魅力。不过,仅有这些并不能写出小说。我觉得村崎同学有村崎同学的优点。"

听我这么一说,小枝抬起了头。

"村崎同学太谦虚了。"

"什么意思?"

"你的作品中会出现家人啊、朋友啊,像这样的其他人。并不是只有自己很不容易,不是只有自己明白各种道理,而是也触及了别人的痛苦和苦恼。年轻时能有这样的想法,其实是难能可贵的。"

"是吗?"

"很多同学都喜欢村崎同学笔下的温情与善良,对吧?"

"我也知道人各有所长,每个人的想法都不

同。但是，我没有侑加那样敏锐的感受性。读了这次的作品，我觉得自己远远比不上她，心里很不甘心。我很羡慕侑加的能力，所以，如果是平常，检查完错别字，会同时附上感想发给她，可这次只是机械性地回复了错别字。"

小枝低下头。认真的、爱照顾人的小枝看上去有些可怜。

"我等了一会儿，可侑加没有再发来道谢的短信，我不免觉得心慌，想睡又睡不着。过了一会儿，自己又觉得没写感想就发了邮件，是不是不太合适……侑加没有回复，也许是因为我冷漠无情的邮件刺伤了她……"

她俩手拉着手蹦蹦跳跳绕圈子的情景在我眼前浮现。

"村崎同学是个十分善解人意的人啊。"

"是吗？"

"我也有这样的情况，所以能理解一些。"

我"扑哧"笑了。小枝的表情稍稍缓和了一些。

小枝以前一直按侑加说的检查错别字，

谈感想，可这次却觉得这么做很难受。这也正说明郁加这次的作品具有如此强烈的感染力，而小枝心里终于萌生出了斗志。小枝如今也在改变。

"侑加经常说，这样在社团里发表作品，虽然也会受到大家的表扬，但总觉得只是一种欺骗，是一种交友游戏。有时也会觉得很空虚。自己只会写自己的事情，太没用了。如果是这样，还不如什么都别写，沉默一辈子更好。"

我没有想做的事情。活着没有什么意义。

耳中猛然回响起过去曾经听到过的话语，我不由得一愣。

这是……泉说过的话。曾和我一起在大学戏剧部里活动的桐林泉，她在《银河铁道之夜》里扮演柯贝内拉……

"侑加说不定是想让别人仔细地读一读她的作品，可同时又会感到焦躁不安。这样不是在撒娇吗？为什么要说'什么也不写更好'呢？明明有很多人想写得像侑加这样好，却写不出来。"

"的确，山口同学的世界很特别，也可以看到别人无法看到的地方。不过，她是否就很强大，还很难说。"

听我这么一说，小枝歪了歪头。

"在旁人看来是充满个性的地方，会不会是由于这个人无法适应这个世界而产生的呢？这种个性越强越吸引人，但对于本人来说，会不会反而是一种痛苦呢？本人或许并没有强大到可以承受这些。"

"就是说，能写出惊人的作品，并不等于作为人的强大，是吗？"

"是啊。不如说正相反。正因为作为人很脆弱，所以才写出强大的作品。"

小枝低着头，陷入了沉思。

"老师，侑加家里的事，您听说什么了吗？"

"家里的事？没有啊。"

我摇了摇头。

"我隐约听到了一点儿。从很早以前开始，她父母关系就不好，说是分居了，好像还发生过家暴。她父亲离家出走后，侑加和她母亲住进了姥姥家。这事好像连班主任老师也没告诉……"

"真的?"

第一次听说。

"侑加不太想说这些事,我也就不好多问。不过,仔细一想,侑加的作品里经常会出现一些毫无理由的暴力。我想不应该轻率地把这些与她家里的事情混为一谈,所以一直没有提过。"

小枝叹了一口气。

"如果情况真是这样,那就严重了。"

毫无察觉是做老师的失职。这次的作品里明明也笼罩着一种不安定的氛围,可我当时为什么没有跟她再好好谈谈呢?或许我也跟小枝一样,怕介入太深吧。

"我什么也没说,什么也做不到……"

"不过,写成作品发表了,就说明山口同学没有关闭心扉吧?"

听我这么说,小枝恍然大悟的样子。

"是想向什么人表达自己的内心吗?"

小枝注视着我。

"我无法成为侑加,也无法完全理解侑加的想法,我一直是这么想的。但是,我可以读侑加写的东西。"

"而且你还可以为她照亮,用与山口同学本人不同的光。"

"不同的光……"

小枝低下头。

"应该写感想吗?"

"是的。她还来学校上课,却不来文艺部,我想大概是因为怕与村崎同学打照面吧?"

"但是,万一写了错误的判断……"

小枝露出不安的神情。

"不过,我还是写吧。如果什么也来不及说侑加就退部了,我会后悔的。"

过了片刻,小枝毅然决然地说。

7

和小枝道别后,我来到车站,上了电车。不知为何,我想起了泉。

我与泉同一年级,大学时代在一个戏剧部。刚一入部,我就发现泉是个十分出众的女孩。她一头乌发,飘溢着神秘的气息,在校园内走起路来婀娜多姿,路人个个都会回头张望。而且她的演技也出类拔萃,立刻受到瞩目,也得到顾问老师的特别关照。因此,她被一部分前辈嫉妒,再加上每次大家一起去喝酒时,即使邀请她,她也不会参加,所以大家都认为她不好接近,缺乏亲和力。

公演后的联欢会,她也拒绝参加。有一次

被干事训斥后,泉毫不畏惧地反击说:"不是自愿参加吗?"

"加深友谊,加强彼此之间的信赖关系,这不是很重要的事情吗?"

干事如此说教,可泉没有理睬。

"我不是为了交朋友才参加社团活动的。"

说完扬长而去。

喝酒的时候增进信赖关系,有什么意义吗?演技上的信赖关系在排练的时候不是可以培养吗?

泉还这样说过。对于她这种无懈可击的态度,干事也无话可说了。

"我不想跟这种人一起活动了。"

二年级的一位同学说。这么一开头,到处传来"太狂妄了""神气什么呀"的呼声。

"真无聊。明白了。那我退出好了。"

泉冷笑一声,走出社团的活动室。

"说的什么话呀!"

"是想逃避吗?"

泉走出去后,仍然有几个人在继续嚷嚷。

我受不了了，悄悄离开活动室。远远望见泉的身影，我跑着追了上去。

顾问老师说，泉加入部后，戏剧部的公演人气上升。虽然也有招人嫌的地方，不过泉的演技很厉害，能够吸引人。所以，我不希望她退出。

总算追上了她，我一边喘着气，一边叫住了她。泉站住脚，回过头来。

"怎么了？"

她吃惊地望着我。

"桐林同学，请你不要退部。"

我犹豫了片刻，但最后还是直截了当地说了。

"为什么？"

泉愣愣地望着我。

"因为……在戏剧部里，桐林同学比任何人都有存在感，富有魅力……我觉得你是部里不可缺少的人才。"

"可那些人不是这么想的啊。戏剧部是那些人的地盘。不可缺少的东西是什么，是由部员来决定的。你所说的'戏剧部'是什么？那种东西，根本就不存在！"

"可是，观众都盼着桐林同学出场呢……"

"谁知道呢？那是很不确定的多数观众的话。是否真的会有那样的人……而且，即使是那样，又为什么是你来阻拦我？"

"欸？"

"你有什么理由阻拦我？你不是观众，也不是什么抽象的'戏剧部'，你自己为什么会这么想？"

"那是……桐林同学的演技很出色，让我受到了极大的激励，学到了很多东西……所以，今后还想一起……"

"你真是个乖孩子。"

听她这么说，我一下子沉默了。

"一直勤学苦练的类型，我学不了你。"

我觉得泉在冷笑。

"不过，看着你，我有点儿羡慕。你一定很相信周围的人，觉得都是好人，对吧？如果大家都像你一样，认为只要努力，世界就会变得更好，所以要为此努力。如果都是这样的人就好了。对不起，不是这样的。大家都是只考虑自己的事情。"

"你怎么知道？"

"我就是这样的人哟。"

泉"扑哧"笑了。

"桐林同学为什么不想去参加联欢会呢？"

我不知所措，便改变了话题。

"没什么，去也没什么不好。也不是不想去，只是那天是亲戚的忌日，我要去扫墓。"

"什么？是这样啊。那为什么不早说？那样的话，大家就理解了。"

"会吗？那些人不喜欢我，只会说些不满的话吧？一定会说扫墓是骗人的吧？不好意思，如果听到别人这么说，我是绝对不能忍的。"

语气虽然很平静，但十分坚定。

"而且，我真的没有心情想加深友谊。那种事情没什么意义。"

泉笑了。我惊奇地发觉她的脸十分纯真。

结果，泉没有退出社团，倒是几个说泉坏话的人离开了。

三年级校庆期间，戏剧社上演了《银河铁道之夜》。泉扮演柯贝内拉，我担任焦班尼的角色。

这是顾问推荐的，开始泉没有点头，说："我不适合演柯贝内拉。"经过一番劝说，最后总算答应演了，可每次排练，泉都显得很忧郁的样子。

泉扮演的柯贝内拉有一种不可思议的魅力。不是光彩照人地出现在舞台上的那种魅力，而是一种能把人吸引到黑洞里面去的魅力。顾问也佩服地说："这才是柯贝内拉。"但我不太明白，为什么泉说自己不适合演柯贝内拉呢？

随着公演接近，泉的演技越发令人惊叹。顾问跟我说，以我的本色来表演就好。但是，看着泉的演技，我感到焦虑。总之先反复阅读原著和台词，直到每个角色的台词我都能背下来。我尽最大努力拼命地练习，但还是比不上泉。这样能行吗？我害怕了，不知自己能否上台。

正式演出的前一天，因为只剩下我俩排练，所以回家时只有我和泉两个人。两个人单独在一起，自从那次纠纷事件以来还是第一次。我不知说什么好，一直默默地走着。

"喂，远田同学。你觉得'真正的幸福'是什么？"

冷不防听到泉这么问，我惊讶地站住了。真正的幸福。《银河铁道之夜》里多次提到的话语。

"柯贝内拉为了扎内利而死去，你觉得对吗？"

泉呆呆地望着天空。

"很难回答呢。"焦班尼虽然做了肯定的回答，可我还是不明白。柯贝内拉死了，会有人难过的。所以，最后的台词，我不知道该用什么样的语气说才好。那天，我也和顾问谈过这些。顾问和我交谈的时候，泉一直沉默不语。

"我有一个双胞胎姐姐。"

泉说。第一次听她说这些。

"因为是双胞胎,所以长得一模一样,但性格迥异。姐姐很开朗、正直,所有人都喜欢她。我很内向,不善于与人交往。姐姐总是护着我。"

我不知她为什么要现在跟我说这些,只能呆呆地、默默地听着。

"但是,姐姐遇到交通事故死了。小学二年级的时候,在上学的路上,我俩站在十字路口,一辆汽车突然冲了过来。本来两个人都有可能被撞死,但我得救了,而姐姐被撞出了很远。"

我说不出话来,茫然地注视着泉的脸。

"所以,为保护我而死的姐姐才是柯贝内拉。我做不到。当时没有行动的我,不是柯贝内拉。"

泉之所以拒绝扮演柯贝内拉,原来是这个原因啊。

这时我才恍然大悟。

"这么说,联欢会时你说的扫墓的事……"

"对,就是我姐姐的忌日。"

泉寥落地说。

"姐姐死去后，我觉得自己好像失去了一半。开朗的姐姐死了，我父母也都很难过。然而，我代替不了姐姐。每一天、每一天我都在想，应该我去死。"

"那也太……"

"我进戏剧部，也是因为姐姐想当演员，这是姐姐没能实现的梦想。但是，那不是我想做的事情。我没有想做的事情。活着没有什么意义，我应该去死。我现在也是这么想的。"

"不会的。"我下意识地否定，"你那么想，你姐姐不会高兴的。"

"你什么都不懂。"

泉一脸痛苦的样子。

"桐林同学就是桐林同学。至少我觉得和桐林同学一起表演很高兴。如果不是和桐林同学排练，我是不会这么深入挖掘剧本的。"

我拼命地说着，可泉什么也没有回答。

"我也不知道活着的意义是什么。大家不都是这样吗？可是，活着的人就不能不活下去，不能不活出自己的人生……"

说到这里，我不知自己要说什么了，便沉默下来。泉什么也没有回答，一言不发地走了。

第二天，正式演出前碰头时，泉也什么都没说。昨天自己为什么会说出那些话来，我后悔莫及。泉也许生气了。什么都不懂，却说了多余的话。这样能否登台，我从心里感到不安。

但是，站到舞台上，帷幕拉开后，不知不觉，我忘记了一切。

与泉一起表演时，那里如同真的有银河铁道、龙胆花、北十字星、捕鸟人出现。我们就坐在银河铁道的列车上。

演出临近结束时，焦班尼提问："可是，什么才是真正的幸福呢？"

泉扮演的柯贝内拉一刹那露出了神情恍惚的表情。

"我也不知道。"

泉说着台词。我惊讶地望着泉的脸。

那不是往日的泉。声调与表情都与排练时

的泉截然不同，以一种仿佛走投无路的样子呆呆地望着宇宙。

"咱们一起努力吧。"

焦班尼的台词脱口而出。虽然心被泉的表情夺走了，但台词已经深深刻印在我的身体里。

泉的表情转眼间松弛了，变成了一个快要哭出来的孩子的模样。

那不是泉，而是一张陌生的面孔。

我目不转睛地凝视着那张面孔。那是柯贝内拉。

真的柯贝内拉就在我面前。

"啊，那里是煤袋星云，是天之洞啊。"

柯贝内拉说。

"哪怕是那样巨大的黑洞，我也不怕。"

我说。

眼前的人是柯贝内拉？是泉？还是泉的姐姐？我的脑子里"咕噜咕噜"乱转起来。我险些摔倒，一阵刺眼的光闪烁着。渐渐地，闪光平息了。

"我一定要去寻找大家真正的幸福。不管

去哪里，咱们俩都要一直一起往前走！"

说这些话的时候，我脑子里出奇地清澈。如同自己一个人站在深邃的宇宙黑暗中，全身充满了明确的信念。

"好的，一起往前走。哎，你看，那片原野多漂亮啊！人们都聚集在那里，那里就是真正的天堂啊。啊，我妈妈也在那里呢。"

"柯贝内拉，咱们一起走，好吗？"

我的眼泪夺眶而出，说到"一起"时，一瞬间话不成声了。泉的眼里也满含着泪水。

灯光聚到焦班尼身上，整个舞台都暗了下来。待到舞台灯光再次亮起，焦班尼回过头去时，已不见柯贝内拉的身影……暗转之后，到了最后"河的场面"。

演出结束后，对于当时发生的事情，泉和我都没有再说什么。不知为什么，我觉得不需要再说什么了。我什么都明白了。当时看上去判若两人的泉的身影，就是泉的姐姐。

当时，泉的姐姐离开了泉，升到了天上。

至今我都是这么想的。

泉从那时起有了很大的改变，她下定决心要做一名女演员，积极地走上了表演的道路。再也不说"没有自己更好"之类的话了。

我后来虽然依然被表演的魅力所吸引，但害怕被顶替，每每演出结束，都会觉得身心疲惫不堪。表演一定是需要更大的器量，我不适合。

就这样，我踏上了教员的道路。

毕业后，每次公演，泉都会给我寄来宣传单。有一段时间，我每次都去观看。近几年工作忙，就没有再去。这么一说我想起来了，她两个星期前又寄了一份宣传单来。

回到家，我从抽屉里取出一个信封。里面的宣传单上贴着一张便笺,泉的字迹写着："也许是在这个剧团里的最后一次演出了……可能的话，请来看看吧。"

8

第二天早晨我到学校，看到小枝站在鞋柜前面。她说，昨天晚上给侑加写了封信。

"结果，一直写到凌晨。"小枝不好意思地说，"总算……把心里想的都写出来了。"

"然后呢？交给她了吗？"

"没有。我不好意思直接交给她……早上我就那么带着写好的信，跑到侑加家，投到信箱里了。"

侑加的家，从川越乘电车过去要坐两站。小枝是专门坐电车到侑加家，然后来校的吗？

侑加会来吗？会发现投入信箱里的信吗？如果看到信，或许下午做准备工作时能露面。

小枝一副不安的样子。那下午再见吧,她说完就走了。

下午开始文化节的准备工作。我到举办展览和体验工作坊的教室里一看,小枝站在入口处。

"山口同学来了吗?"

听我这么问,小枝摇了摇头。

"没来。"

"是吗?"

"可能是我想错了。都是我的自我满足,说不定让她更生气了。"

小枝一副眼看就要哭出来的表情。

"好了,先准备吧。"

我催促小枝说,然后进了教室。部员们已经开始在准备了。

"书签我带来了。"

我把装书签的袋子放到桌子上,正在作业的学生们"哇"地叫着围了过来。

他们有的在找自己的书签,有的让对方看

自己的书签，吵吵嚷嚷持续了一阵子。

"先得赶快布置墙壁上的装饰。"

我说。墙壁的布置还有一半没完成。贴上黑纸之后，按照《银河铁道之夜》的每一章，分成几个墙面，贴上每一章的标题题目。我们的计划是要在相应那一章的墙面，贴上三日月堂印的书签。另外，还要在入口附近准备好装饰和销售摊位，还要把活版印刷与《银河铁道之夜》的解说写到模造纸上，等等。没有工夫在这里嬉闹了。

"山口同学呢？谁知道她的消息吗？"

"山口同学今天请假了。"侑加同班的一个部员说，"昨天还来学校了。今天请假了。"

"是吗？"

我不安起来。出什么事了吗？

我把学生留在那里，一个人回到教员室。我叫住侑加的班主任，询问了侑加的事。

"啊，她是文艺部的啊。今天她缺席了。"

"她怎么了？"

"听说是父母离婚了。所以，今天好像是

要搬家……"

"啊?"

我惊呼了一声。听小枝说过她家里不太融洽。但是,怎么也想不到今天就要搬家……

"是的,我也很吃惊。过去从来没听说过这件事,今天早上突然打电话来说的。"

"那她要怎么办呢?"

"具体不太清楚。好像要和她母亲一起离开家。不过,搬家地点在学区范围内,所以说不用转学……"

"是吗?"

我脑袋一阵眩晕。最近老是不来参加社团活动,比起小枝的事来,恐怕更主要的还是这个原因吧。

"新地址和联系方法已经登录了,不过因为这样,恐怕不能来参加文化节了。"

"我知道了。"

我虽然点了点头,但是愣了半天。暂时先瞒着部员吧。不过,得跟小枝说。可怎么说好呢?而且,今天搬家,那小枝写的信会怎样呢?

"远田老师。"

我回到教室后,同学们立刻就围了上来。

"墙壁基本上布置好了,您看可以吗?"

负责布置墙壁的女孩说。黑色的纸上贴上了无数张银色的小纸片,宛若灿烂的星空。我想到为制作这些,花费了大量的时间,现在没有余力考虑其他了。

"是啊,我觉得很好。那就贴书签吧。"

说完,我把书签在桌子上摊开。

三点多的时候,弓子小姐来了。为了搬运沉重的手动式平压印刷机,在一番街观光问讯处打工的研究生大西和另外一名在川越经营玻璃作坊的葛城先生跑来帮忙。

"哇!这可花了不少工夫。"

看到展品和装饰,葛城先生感叹地叫了起来。

"这墙壁,简直像星空,太美了。"

弓子小姐也环视着墙壁说。

"按照每一章的描写，分别在相应的墙上贴满书签。太厉害了！太有创意了！"

听大西这么一说，学生们都害羞地笑了。

手动式平压印刷机安置在中间的一张大桌子上，铅字盒放在旁边。大概是听到了动静，其他社团的学生以及国语科的老师也都跑来观看。连校长也来了，向弓子小姐询问各种活版印刷的事情。

"当天我们也会来看的。"

回去时，葛城先生和大西说。

"太期待了。能够在这样一个空间里举办体验工作坊，我太高兴了。"

弓子小姐嫣然一笑。

布置完毕，我叫住小枝，说了侑加的事。

"所以，明天……可能文化节期间，山口同学都不会来了。"

"怎么办哪？我在那种时候，跟侑加……"

小枝用手捂住脸，埋头哭起来。

"因为村崎同学不知道，这是没办法的事。

既然知道新地址了,等稳定之后,再去看看情况吧。"

虽然是说给小枝听的话,其实我心里也乱糟糟的。

9

然而,星期五早晨,正当大家在教室里埋头准备呢,侑加来了。

"给您添了很多麻烦,对不起了。"侑加到我这里,一反常态,规规矩矩地鞠了一躬说,"家里忙忙乱乱的,没能参加社团活动。"

"真难为你了。我听说了一些情况,你不要紧吧?"

"嗯,不过,这次离婚已成为既定事实……不如说,以后会越来越好的。"

是坚定的语气。我本来犹豫该不该问她父母的事,但从她表情来看,本人似乎很平静。

"大家也是……我休息了好几天,实在

抱歉。"

　　侑加又转向其他同学，连连鞠躬，显示出明确的态度。

　　"没事的。"

　　"没关系。"

　　部员们略带疑惑地纷纷说。从侑加家里的情况来看，大家可能也都觉察出事情非同小可。只有小枝愣愣地在远处望着侑加。

　　"那，山口同学也参与布置吧。还要准备一个摊位，张贴海报，今天也要忙一天的。下午还有体验工作坊的彩排，其他准备工作尽量在那之前完成，好吗？"

　　听了我的话，大家齐声说了一声"是！"，然后就分头去准备自己的工作了。侑加没有和小枝说话，就去贴海报了。小枝有点垂头丧气，但听到低年级同学问她摊位的布置方法，便跟着一起操作起来。

　　一点半的时候，弓子小姐来了。准备了一番后，开始了体验工作坊的彩排。大家分成扮演店员和扮演顾客的两组人,顾客组要实际体验拣铅字、排版、印刷。店员组负责接待顾客,在印好的书签上打孔,系上丝带。这一轮结束后,再互相交换角色。

手头空下来的学生开始参加彩排,其中也包括侑加。她好像是先扮演顾客。我跟小枝她们一边整理销售用的书签,一边在远处观察着她的情况。

大家望着铅字,都在叫,怎么拣啊?怎么拣啊?只有侑加一个人不慌不忙地在拣铅字。当大家终于开始排版的时候,侑加站起身来,说了一声"好了",把铅字拿到弓子小姐那里。

弓子小姐把铅字装进印刷用的板框里,用螺栓固定住。

"拉一下控制杆试试。"

传来弓子小姐的声音。侑加点点头,按照弓子小姐说的,拉下了控制杆。

"再使点儿劲儿。"

弓子小姐说。侑加两手抓住控制杆用力拉。

"是这样吗?"

"对，那样就差不多了。"

侑加缓缓倒回控制杆。弓子小姐拿起印好的纸，交给了侑加。侑加看着印好的东西，满意地点了点头。弓子小姐正要摆上另一张纸，侑加制止说："这一张就够了。"

由于侑加说得很干脆，弓子小姐微微一笑，说："是吗？"又把纸抽了出来。

一张就可以了？练习用的书签每人可以印三张。为什么呢？我正纳闷，看到侑加拿着印好的书签，走到了小枝身边。

"小枝。"

侑加叫了一声。正在整理书签的小枝惊讶地抬起头。

她露出不可思议的表情，接过侑加递过来的书签。

看到书签，小枝睁大了眼睛。

谢谢你看了我的作品。

我在旁边望了一眼，上面这样印着。

"啊……那就是说……我写的信……"

小枝吞吞吐吐地问。

"我看了。昨天搬家，出门的时候，不知为什么惦记着邮箱，就跑去查看。结果，里面放着你的信。没有贴邮票……"侑加笑了，"我吓了一跳。是怎么送到的呢？不过，我马上就明白了。是小枝到这里来，投进邮箱里的。白天忙忙乱乱的，没顾得上看，读信的时候已经是半夜了。"

小枝一直瞪着大眼睛，望着侑加。

"我好高兴。你为我写了感想，我一直没有信心。迄今为止，肯定一直是依赖小枝。这时候才发觉，我是想让小枝看。"

小枝低下了头。

"但是，今天也……我一直想说这些话，可不知为什么，一直不好意思说出来。我总是这样，总是考虑自己的面子。对不起。"

小枝什么话也没说。拿起眼前的那枚书签，用铅笔在一角写了些什么，然后递给了侑加。

侑加的眼睛睁得大大的，身子不住地颤抖，脸一下子红了。

>　　我一直跟柯贝内拉在一起。

　　书签上印着这样一行字。这是小枝摘选的一句话。

　　最后在河边,焦班尼想对柯贝内拉父亲说但又咽下去的话。

　　在书签的一角,用铅笔还写着一行小字。

>　　今后也会一直读的。

　　"谢谢……对不起……我总是,表达……不好。"

　　侑加慢慢地哭了出来。

　　"没事的。没必要表达得那么到位。即使读不懂,我也会读的。今后也会。"

　　小枝也哭了。周围的人不知发生了什么事情,一个个呆呆地望着她俩。两人完全不顾这些,一直哭了好久。

　　学生们都回去之后,我和弓子小姐在教室里进行最后一次商讨。

"好棒的展览啊！办得真好，简直就像置身于《银河铁道之夜》的世界里一样。"

弓子小姐环视着教室说。

"多亏了三日月堂的书签。"

我望着墙上贴的书签。

"活版印刷很有存在感，比普通的印刷显得黑白鲜明。原来我想会不会是因为凹陷的缘故，但三日月堂的印刷并不那么凹陷。"

"是啊。我祖父说过，很多人提到活版就会觉得很凹陷，实际上并非如此。印书的时候，如果太凹陷，纸的背面就会凸出来吧？"

"的确如此。"

"文字看上去很鲜明，不是因为凹陷，而是因为有一种叫作凸缘的印刷法。

"凸缘是指印出来的文字或图案的边缘有一圈晕影似的浓浓的轮廓。凸面的油墨移到纸上时，中间的油墨由于受到挤压，会挤到图案的边缘部分。而在紧挨边缘的地方，则会出现油墨很淡的部分。因此，图像的周围看上去如同被切了边。大概这就是活版印刷给人一种

'黑白鲜明'印象的原因吧。

"不过,印象深并非仅仅是字迹本身的力度,一定也是因为这些语言很美好。宫泽贤治的语言太富有张力,太优美了。"

弓子小姐望着墙壁说。

我想起在三日月堂看到全集时的情景。印制那套书的铅字恐怕早已不存在了,宫泽贤治也已经与世长辞了。可是,语言就像这样保留着,宛如宇宙灿烂的群星。

"'真正的幸福'到底是什么呢?"

弓子小姐用手指着摆在那里的一枚书签,嘀咕了一句。

"是啊。我过去……也思考过。大学期间我在戏剧社里演过《银河铁道之夜》。我扮演焦班尼的角色。"

我讲起当时发生的事,叫泉的人,泉的姐姐,以及演到最后哭起来的事。弓子小姐一直默默地听着。

"当时,我觉得好像在舞台上看到了泉的姐姐。那到底是怎么一回事?到现在我也不明白。也许是因为处于兴奋状态而看到了幻影吧？"

我微微笑了笑。

"说不定真的是她姐姐来了呢。"

弓子小姐呵呵笑了。

"那两位同学也经历了不少事情吧？"

"你是说村崎同学和山口同学吗？"

弓子小姐点了点头，微微一笑。

"是啊。经历了各种各样的……"

还没有结束。侑加今后还会有更多的困难，是小枝和我都无法解决的。不过，可以再靠近她一些。

"'真正的幸福'是什么？也许我们无从知晓……但是柯贝内拉为了救扎内利，立刻就跳到河里了吧？就是这样，那些想拯救什么人的冲动在人们的心里萌生，我觉得这件事本身就是一种希望。"

弓子小姐低沉的声音在寂静的教室里回响。

"柯贝内拉家里有个用酒精灯发动的小火车。"

"啊,天上那片白茫茫的光带都是星星啊。"

"这些不是鸟,是普通的点心吧?"

"我好像闻到了一股苹果味儿,大概是我想到了苹果的缘故吧?"

"飞啊,候鸟!飞啊,候鸟!"

"可是,什么才是真正的幸福呢?"

墙上的文字们仿佛在一起悄声细语,犹如星星眨动着眼睛。渐渐地眨得越来越激烈,我觉得那景象十分可怕。它们变成了杂乱无章的语言浮现在墙壁上,犹如语言的幽灵在夜空中浮游。

"这次接受了您委托的工作,实在是太好了。"

弓子小姐的声音,让我恍然醒转。

"文学作品真的是具有惊人的魅力啊。宫泽贤治一个人编织的故事,能够这样留在后人的心里。印刷则是有协助的力量。我再次认识到,能从事印刷工作真的是太好了。"

"是啊。"

"我常常会感到不安,觉得印刷是玷污白

纸的行为。但是,文字被刻印在纸上,人的语言就可以灌输到那些纸上。即使撰写语言的人不在了,那些影子还可以铭刻在纸上。我祖父经常说,活着的人都会留下痕迹,虽说那些都是像影子一样很无助的东西。"

活着的人,都会留下痕迹。人与人之间也一样。相逢相处,肯定会留下痕迹。

"而且,通过接受这次委托,我又重温了那套全集。读那套书,实在是……无比幸福的时光。"

弓子小姐紧闭着眼睛。

"幸福?……"

我感觉其中还充满了与读书的幸福有所不同的特殊情感。

"那套全集里不是到处都有标注吗?"

"哦!那是您父亲……"

"是的。我感觉像穿越了时空,如同见到了年轻时的父亲一样。不是我熟识的、成为父亲之后的父亲,而是还没结婚、比现在的我还年轻的父亲。如同在和他对话……"

"可以理解。"

我"扑哧"一下笑了。我也是借着这次的机会，翻出过去的剧本，又读了好多遍。看着上面自己的标注，多次产生不可思议的心情。

"这么说，我想起来了，您父亲……现在怎么样了？"

我不经意问了一句。

"他已经去世了。"

听到弓子小姐平静的声音，我心里一怔。

"是去年去世的。我们家里，母亲在我童年就死了，我一直是由父亲养大的……去年他生病后……"

弓子小姐伏下脸。

"对不起。"

我问了不该问的事情。弓子小姐怎么看都比我年轻。她父亲应该也不是很大年纪吧。而且，小时候母亲就去世了……这样的话，这个人现在……我凝视着弓子小姐。

比现在的我还年轻的父亲，如同在和他对话……

刚才弓子小姐说的话，突然在我心里沉闷地回响。

"不，不要紧的。这样和别人说一说……我也该和他告别了。"

弓子小姐微笑着抬起头来，但是，眼角挂着泪。

"能够留下一点痕迹，就很高兴了。所以，我想继续坚持做印刷工作。"

弓子小姐望了望挂满书签的墙壁。

我只觉得贴在墙上的一个个文字，宛如天河里的一颗颗星星。

10

回到家里，丢在一边的泉的公演宣传单映入我的眼帘。我想起该给泉发个短信，请她给我留票，同时询问她"也许是在这个剧团里的最后一次演出了"是什么意思？

很快收到回复。短信上写着："我还是那么固执，所以在现在的剧团里也经常跟大家发生争执。我深感自己或许不适合与团队合作。这次公演结束后，我将退出剧团，想暂时自己一个人开朗读会。"泉仍旧和周围的人磕磕碰碰。她是在寻找自己的路。

最后，短信还写道："《银河铁道之夜》演出时的事，我至今记忆犹新，那是一次不可思议的体验。从各种意义上来讲，我都很感激真帆。"

很感激。我不禁觉得意外,"扑哧"一声笑了。

文艺社团的展览博得了大家的好评,体验工作坊也来了很多人。临近结束,当人流小了一些时,我跟弓子小姐道了谢。

"盛况空前啊。"

准备的纸张基本上用完了。

"因为是传统的工艺,不知大家会不会感兴趣,我一直很不安。"

弓子小姐嫣然一笑。

"有人说,通过这次体验,改变了自己对印刷的认识。"

"只是看印好的东西,有些感动是无法传达的。"弓子小姐点点头,"我也是听了顾客们的感想,回想起许多自己已经忘却的事情,对我帮助实在是太大了。多亏了远田老师的邀请。"

"还有……她们俩。"

我望了一眼摊位。村崎同学和山口同学正

笑着和顾客说话。两个人都好像长大了，变得坚强了。

"今后也可以经常举办体验工作坊吧？或者在你的店里定期举办……"

"是啊，我考虑一下。"

弓子小姐呵呵笑了。

"我也来印一张吧。"

看着还剩了几张纸，我自言自语道。

"请吧请吧。"

在弓子小姐的催促下，我坐到了椅子上。我凝视了一会儿箱子里的铅字。焦班尼最后的台词是"柯贝内拉，咱们一起走，好吗"，如果有机会印刷的话，要印这句话，我早就决定了。我一个一个地拣起铅字，把小小的铅字一个一个地摆好。

排好版后，我拿到弓子小姐那里。看了看排好的铅字，弓子小姐微微笑了笑。我把排版安装到印刷机上，拉动控制杆。好重。按照弓子小姐说的，我又使劲儿拉了拉控制杆。

柯贝内拉，咱们一起走，好吗？

　　纸上印出了一行黑色的文字。

　　我不禁百感交集。在舞台上这么说完回过头去时，柯贝内拉已经不见了。望着舞台布景的黑椅子，我感觉到，泉的姐姐走了。

　　所有的人都是怀抱着对失去的人的思念，继续活下去。

　　弓子小姐把书签交给我。我拿着书签，心里想，下次去看演出时，把它送给泉吧。

　　黑色的文字仿佛变成了一颗颗星星，铭刻在我的心里。

独一无二的铅字

1

"一直住在川越……却不知道还有一家印刷厂。"

从一番街拐进一条小路,我自言自语地说。

"因为很少有人经过这条路。"

大西小声嘟哝。这是一条很狭窄的路,没有其他店铺。

"以前就有吗?"

"据说三日月堂几十年前就有了。不过,弓子小姐回来重新开张还不到一年半,本来是她祖父开的印刷厂……"

大西大学比我低一年级,现在是研究生,平时在川越观光问讯处打工。我们是在大学同一个研究小组认识的,由于都住在川越,不知不觉关系很亲密。

我大学毕业后待业了一年,从前年开始在川越市立图书馆做管理员。十一月初的时候,我偶尔经过观光问讯处,大西给了我一张他的名片。名片很简洁,但不知是哪里与一般的名片不同,文字有一种独特的神韵。好像在什么地方见过……我想了一下,啊,想起来了。

"这难道是活版印刷?"

"是的,就是。虽然觉得价格稍有点贵,跟学生的身份不是很相称……但不知为何,就是想做……"

大西羞怯地笑着说。

"不过,你怎么知道是活版印刷呢?你对印刷很熟悉吗?"

"那倒不是……"我含含糊糊地说,"以前在别的地方见过,有点在意……"

"这样啊。最近确实很流行,有报道介绍年轻人在研究活版印刷,还有人搞活动……"

听着大西的话,我心里产生出一种复杂的

心情。是啊是啊，我一边说，一边含糊地点点头。我所见过的活版印刷，不是这样的。我回想起外婆的样子。就在我发愣的时候，大西又说了一句：

"对了。正好，下次在梧桐学园文化节的时候，有一个活版印刷的体验工作坊。就是印这张名片的三日月堂开办的，我也要去帮忙。可以的话，你要不要一起去看看？"

"体验工作坊？"

关于活版印刷的事，我听外婆说过一些。但仔细一想，实际是怎么回事，我根本不了解。外婆应该也没有见过印刷厂。正好那天休息，我决定和大西一起去。

文艺部举办的是《银河铁道之夜》展览，和体验活版印刷的工作坊。对应着故事情节，模拟星空的墙上挂满了印有《银河铁道之夜》中某段文字的书签。可以在这样的环境中体验活版印刷。

三日月堂印刷厂的店主是一位年轻的女子，据说年纪比我大，可看上去跟我差不多。那么年轻的人经营印刷厂……我不免有些惊奇。

我也排列铅字，做了一枚书签。我拉动一台叫手动式平压印刷机的控制杆。当纸上呈现出像书本上一样漂亮的文字时，我不禁"啊"地叫了一声。以前的书就是这么印出来的啊。

我感动不已。我们图书馆要是也能举办这样的活动就好了，我不禁羡慕起来。不知为何，我产生出一种无比亲切的感情。回到家后，我打开壁橱，抽出一只旧木箱，打开盖子，里面露出外婆给我装压岁钱的纸袋。

我明年三月份就要结婚了。未婚夫叫宫田友明，也是川越人，是我小学同班同学。不过，我跟他并不是从小就要好，不如说曾经是天敌。在班里，他是我觉得最棘手的男生。

上大学后，我们偶然在校园里重逢了。友明敢想敢干，很有魄力，属于那种朋友圈不断拓展的类型。开始我有意回避他，不知不觉步调就被友明牵引，开始与他交往起来。

这次结婚也是，友明明年春天要到海外赴任，说无论如何都想在出发前结婚，于是就这么决定了。我刚刚熟悉图书管理员的工作,不太愿意辞职,父母也反对,认为我们还太年轻。

唯有外婆劝我赶快结婚。外婆那时身患重病,医生已经宣告说活不了多久。我不是外婆那个时代的人了,我的工作也很重要啊。我虽然这么主张,可外婆笑着说,工作什么时候都可以找到,但人可不是那么容易结缘的哟。

装压岁钱的纸袋下面是外婆留下的遗物,一整套铅字。

外婆家二战前经营了一家铅字店。由于空袭,店铺被烧毁,外婆的父亲在外婆出生前奔赴战场,一去未归。所以,外婆没有见过铅字商店,也没有见过经营铅字店的曾外公。不过,曾外婆去世时,外婆继承了这套铅字。从此,每年外婆都使用那些铅字,在给我们孙辈的压岁钱袋子上,分别印上我们的名字。

看到大西的名片时,我想起装压岁钱的袋子。外婆的压岁钱袋子上,是外婆像盖橡皮章一样,一个字一个字印的,所以歪歪扭扭,字和字之间的距离不等。大西名片上的文字,虽然也有同样的温暖感觉，但十分协调工整。

可以印刷成这样啊。我马上想到，不知能不能用这种铅字来制作结婚请柬呢？于是，我决定请大西带我去一趟三日月堂。

婚礼的事宜，得到了大西的大力协助。婚宴的会场也是大西介绍的，准确地说，应该是与观光问讯处相邻的川越物流公司的阿春姐介绍的。

据大西说，阿春姐是"自己认识的人中，对川越的街道最了解的人"。阿春姐一看到我和友明便说"那里肯定合适"，于是给我们介绍了川越一家叫"山樱"的宴会厅。

"山樱"是由一家木建筑的老字号料理亭改建的餐厅。只有一个大宴会厅，所以一天只承办一场婚礼，是一座纯和风的建筑。从大宴会厅可以眺望优美的庭院，我和友明都一眼看中了那里。为了了解情况，我们顺便在餐厅里吃了午餐，味道极美。考虑到来宾很多都是友明工作上的朋友，本来东京也列为了候选地点，最后我们还是觉得非"山樱"莫属。

"就是这里。"

大西站住了。

眼前是一块三日月堂的招牌。

隔着玻璃门,可以望见里面的架子。整面墙从地板直到天花板,填满了黑色的小金属块。是铅字。这么多……我惊讶得说不出话来。

2

梧桐文化节时见过一面后,弓子小姐好像还记得我。

"制作的时候,您特别认真。我一边看一边想,您肯定是一位一丝不苟的人。"

弓子小姐嫣然一笑。我很不好意思,跟着笑了一下。

的确是那样。弓子小姐虽然说她最后会统一整理好,可我很想达到自己设想的形态,还询问了放在文字之间的"夹条"的事情,准备工作花费了很长时间。

"今天您是为什么事……"

弓子小姐问道。

"是的，有点事想拜托你。先请你看一样东西……"

"是什么？"

"是这样的，我家里有一些旧铅字。"

说着，我从包里拿出一个口袋。我只带来了外婆留下的两三个铅字。

"我的曾外公……嗯，就是我外婆的父亲，过去好像是开铅字店的。"

"铅字店？也就是说……跟这里一样？"

大西望着弓子小姐。

"铅字店，跟这里不同。"弓子小姐耐心地说，"我们家是印刷厂，排版铅字，承揽印刷。铅字店是铸造铅字、销售铅字的商店。也有印刷厂会自己制造铅字，有铅字店会承揽印刷，所以很难明确区分。不过，我们家的铅字是从铅字店买来的。"

"铅字店，现在还有吗？"

"唉，为数不多了，但是还有。"

"那，雪乃姐看到名片时，说对铅字感兴趣是……"

大西瞅了我一眼。

"嗯，但是我本人对铅字和印刷都一无所知。曾外公开铅字店，也是二战前的事情了……是在银座开的一家叫'平田铅字店'的商店。不过，曾外公在外婆还没出生时就上了战场，后来再没有回来。所以，外婆没有见过曾外公。商店也在空袭中烧毁，所以她也不熟悉铅字的工作。"

我解开口袋，从里面掏出了铅字。

"这是……五号的。"

弓子小姐接过铅字说。

"五号？"

大西问了一句。

"指铅字的尺寸。'号'是日本特定的单位，有初号、一号、五号、七号……号越大铅字的尺寸越小。五号是 10.5 磅。'磅'是美国的单位……五号是正文使用的标准尺寸。"

弓子小姐说。

"这么一说，我想起来了，打字机的标准字符大小就是 10.5 磅哦。"

大西说。

"是啊。顺便说一下，红宝石是指七号字……过去6.5磅的铅字叫翡翠，5.5磅的叫红宝石，5.0磅的叫珍珠，4.5磅的叫钻石，五号字多半使用七号的平假名表音，大致与5.5磅相同，所以逐渐被称为红宝石。"

"是这么回事啊。"

大西感慨地点了点头。

"这个……只有这些吗？"

弓子小姐转过头望着我问。

"不，平假名和片假名各有一套。一般的假名和带浊音、半浊音标点的，还有小'や''ゆ''よ'和小'つ'……"

"火灾之后只剩下这些了吗？"

"嗯，听外婆说，空袭逃难时，曾外婆拼上性命只搬出了这些。店铺全部烧毁了，其他的铅字和机器都没有留下，曾外公也阵亡了，因此无法重建商店。曾外婆带着三个孩子——外婆和两个哥哥，回到了娘家。不过，这套铅字她无论如何都不舍得扔掉，一直保留在身边。"

"就是说,您外婆继承了这些铅字,对吧?"

"是的。二十多年前,曾外婆去世后,要处理房子时,外婆和两个哥哥一起整理屋里的东西时翻出来的。有人建议干脆扔掉,由于铅字是工业废料,扔掉也很麻烦,总之这样那样原因……"

"是啊,铅字是铅的合金,所以不能按不可燃垃圾处理。"

弓子小姐说。

"外婆知道曾外婆很珍惜这些,所以就自己留下了。外婆与两个哥哥不同,她没有见过曾外公。因为照片也没有留下,所以一无所知。正因为如此,那些铅字饱含着她对父亲的思念吧……"

两个哥哥也很小,所以父亲的样子并不是记得很清楚,但毕竟还见过,还有让父亲抱过的记忆。外婆说过,她很羡慕他们。

这些铅字摆在那里放了很长时间,有一回外婆想到也许可以用橡皮章的印台来印呢,便尝试了一下,结果完全没有问题。于是就每年在压岁钱纸袋上印孙辈们的名字。

ゆきの（雪乃）

印在压岁钱纸袋上的文字，由于是用手按住印的，所以每年会有一点点偏差。间隔有时宽，有时窄；字形有时正，有时歪；油墨有时浅，有时深，洇成一片。不过，唯有外婆给我的压岁钱纸袋，我一直舍不得扔。

"后来……雪乃姐的外婆是在上个月去世的吧？"

大西踌躇着说。我微微点了点头。

"我已经知道她活不了多久……"

我叹了一口气。

"其实我三月份就要结婚了。外婆一直盼着那天呢……在考虑制作结婚请柬的时候，我想起了这些铅字。"

我毅然地说。

"那，您不会是想用这些铅字做请柬……"

弓子小姐睁大了眼睛。

"不是……因为只有平假名和片假名,我知道用这些来编写请柬的全文不太可能。不过,我想能不能派上什么用场呢……"

我的声音渐渐变小。只有假名,怎么可能派上用场呢?

"我想先知道一下这些铅字还能不能用?"

"是啊,看上去是普通的铅字,所以我觉得可以用的。能不能让我仔细看一看?"

弓子小姐从旁边的桌子上取过放大镜,盯着铅字的文字部分仔细看了看。

"只是有些细微的缺口,字也有些磨损。具体要实际印刷一下才能判断……"

弓子小姐说。

"但是怎么印呢?只有假名吧?这样很难编成文章的……"

大西歪了歪脑袋。

"已故外婆每年是使用印台,在压岁钱袋子上印我们的名字。"

"那很棒啊。"

弓子小姐说。

"对啊,虽然全文不行,但如果只是雪乃姐和宫田学长的名字的话,作为设计是可以印刷的,雪乃(ゆきの)、友明(ともあき)。"

大西若有所思地说。

"友明?"

弓子小姐问大西。

"是雪乃姐的未婚夫的名字。宫田友明。"

"如果是这样,要排列出名字印刷恐怕有点难了。"

"为什么?"

我和大西几乎同时脱口而出。

"'ゆきの'和'ともあき',你们俩都有'き'字。可是,一套铅字里只有一个'き'。"

外婆用手一个字一个字,像按图章一样来印,所以同样的字可以反复使用。但是用印刷机印的时候……我想起体验工作坊时的情景。排列好的铅字要装到铅字框里使用。也就是说,一个字只能用一次。

"也可以分两次印刷。不过,毕竟是请柬啊。尽管是用平假名印名字,可放在哪个位置?

怎么放?……"

弓子小姐歪了歪脑袋。

"还是很难吧?"

我小声说。

"我想起来了……雪乃姐,铅字的事,你跟宫田学长说过了吗?"

大西突然问了一句。

"嗯,还没呢。还不知道能不能用呢,怎么了?"

"昨天友明学长跟我打听了金子的联系方法。"

"金子?"

金子跟大西同一学年,在一个研究小组。

"换手机的时候,学长把他的联系方式给弄丢了。金子不是在设计事务所工作吗?所以,请柬的设计可以委托金子……"

"是吗?"

我一点儿也不知道。为什么不跟我商量?又一想,自己不是也没跟友明商量就跑到三日月堂来了。友明可能也是想等金子答应之后再跟我说吧?

"还是先跟他商量一下吧。"

弓子小姐"扑哧"笑了。

"对不起。还没有考虑好就……"

我过意不去地鞠了一个躬。

"不,这个您不要在意。我也听到了一些铅字的旧事,很高兴。您外婆在压岁钱袋子上印名字的故事也很感人。我想,即使不能用在请柬上,也还会有别的用处的,请再来玩儿吧。"

听到弓子小姐淡定的话语,我不由得松了一口气,同时也感到很过意不去。

3

出了三日月堂,我马上给友明发了一条短信。他可能还在上班,所以我不好打电话。"我听大西说,请柬要委托金子,是真的吗?"

短信发出去后,立刻来了回复。

"嗯。我本来想等金子回复之后再跟你说,如果是我开口,他大概会答应的。金子现在是红人了,很忙的。但学长求他的话,他会义不容辞。只是要兼顾一下公司里的事情,所以他说让我等两三天,再给我正式答复。"

"他好像还是委托金子了。说他应该会答应的。"

我对大西说。金子上大学时就立志要做一

名设计师，一边上大学，一边还去一所专修学校学习。友明很支持这样的金子，由衷地为他近来的成长感到高兴。如果是他，请柬一定能做得很出色。

"金子的设计，特别棒。不过……"

大西吞吞吐吐地说。

"什么？"

"不……我想说，雪乃姐的铅字，也很难舍弃。"

仿佛自己的心情被一语道破，我的身子僵了一下。

"可是只有一套假名文字，很难的。而且，仔细一想，婚礼请柬用活版印刷，只会给人一种很古旧的感觉。"

如果是金子设计的话，一定会做得别具一格吧？

"的确是一种古典的色彩……三日月堂的印刷虽与所谓现代派的设计不同，说不定反而会产生一种新鲜感呢……"大西可能是因为找不到合适的表达吧，视线在空中漂游。"弓子小姐好像有一种很不可思议的力量，可以把顾客心底感受的东西变成肉眼能看到的形状。阿春姐也这么说过。"

阿春姐是川越物流公司的人，是她把"山樱"介绍给我们的。她那么说，可能真就是那样。

"不过，这次是友明先想到了金子。"

如同是在说给自己听。交谈中我突然想到以前的事。

——金子的设计特别轻快舒展，也有亲和力。给人一种洗练的感觉，又不至于太冷漠。那种感觉，我好喜欢啊。

我想起来了，不记得是什么时候，有一次友明曾经这样说过。金子的设计知性、洒脱，还有点可爱。与其相比，铅字这种古老的工具，的确显得有点土气和沉闷。

"而且，那个铅字的故事让人印象深刻……也关系到雪乃姐的家族史吧？我觉得在婚礼上使用它，是一个非常妙的创意。"

大西很遗憾地说。

这天夜里，弓子小姐打来电话。

"平田铅字店的事情弄清楚了。"

弓子小姐用略带兴奋的语气说。

"你是说我曾外公的店吗？"

"是的。刚才我因为有事，给平时总去买铅字的那家店打了一个电话。那家店也在银座，我想也许他们知道，就说出了平田铅字店的店名，结果对方说他知道。"

"真的吗？"

据弓子小姐说，她买铅字的大城铅字店是明治时期创业的。现在的店主是二战后出生的，所以他本人并不了解。但是上一代店长对银座的同行店铺非常熟悉，也经常说起平田铅字店的事。

"过几天我要去那家店买铅字，雪乃小姐要不要跟我一起去？"

我被她突如其来的邀请惊呆了。

"可以吗？不过，那个，请柬的事……"

又不是要委托人家工作，我觉得有些过意不去。

"没事的。跟工作没关系，我只是没把您当外人……"弓子小姐说到这里停住了，"我也是在祖父的店里工作，所以我对雪乃小姐的曾外公原来是开铅字店的事，还有您外婆十分珍惜那套铅字的事，都觉得不是跟自己无关的事。"

"是吗？"

"而且，铅字店的往事也很有趣……大城铅字店的店主知识渊博，讲话很风趣。每次去买东西的时候都会顺便和他聊聊，这回在电话里听他一说，我不禁产生了浓厚的兴趣。"

听着弓子小姐激动的声音，我也越来越想了解铅字店的工作究竟是怎样的了。

"独一无二、仅此一套的铅字，也很浪漫，充满了传奇色彩……真是魅力无穷啊。"

弓子小姐"扑哧"一声笑了。

的确，如果是自己从小目睹，似乎就司空见惯了，但如果是别人家的东西，我大概也会这么惊奇吧。

"幻想小说里不是经常出现吗？收藏在家

里的工具，具有非凡的魔力之类的……"

弓子小姐变成了梦呓般的语调。

"啊！对不起。我说了一些孩子气的话，不过，古老的工具有一种让人联想到这些的力量。"

我回想起三日月堂的铅字架，那里的确如同蕴育着一种魔力。我差点儿"扑哧"笑出声来，而且，对说这些话的弓子小姐产生了亲切感。

"那就拜托你了。下次我把成套的铅字都带上。"

我语气坚定地回答说。这周是十一月的最后一周，我上班的图书馆周五休息，图书管理员也休息。因此，我决定周五下午和弓子小姐一起去铅字商店。

4

上了地铁站的台阶,我来到银座的交叉路口。天空湛蓝。

我好久没来银座了。不过,外婆健在的时候我们经常来。外公在世的时候,家庭聚会的地点基本上都在银座。外公去世后,我和外婆、母亲三人也时常来银座。

虽然不是非要买什么东西,但会逛逛百货商店,还总是去吃中华料理。外婆笑着说,浏览光彩夺目的橱窗,会回想起年轻的时候。

行走在银座的街上,我想起外婆曾经自言自语地说,曾外公的铅字商店就在银座,却不知道究竟在哪里。

为什么会在银座呢？这么繁华的大街上会有铅字商店，我有些百思不解。

到了约定好的地方，弓子小姐已经来了。她穿着连帽式粗呢厚外套、斜纹棉布裤，没有化妆，只扎了一个马尾，跟在川越时没什么两样。

弓子小姐立刻迈步向前走，走到了银座的后街。这里与大街上一样，还是高楼林立，但华丽的商店少了。

"那个……"我跟默默走路的弓子小姐搭话，"现在要去的铅字商店，是叫大城铅字店吧。你说过它是明治时期创立的？它过去就在银座吗？"

"嗯，是的。我是这么听他说的。"

"为什么是在银座呢？曾外公的铅字店也是在银座，说明过去这里有很多铅字店吗？"

"您这么一说还真是啊。为什么呢？"

弓子小姐歪了歪头。

"啊，就是那里。"

弓子小姐用手指了指说。一座两层的小楼

房被混杂的大楼夹在中间，一楼有一扇玻璃门，可以看到里面。

"有人吗？"

弓子小姐推开玻璃门问道。古老的木制墙壁、木制柜台。柜台对面的大架子上面整齐地摆满了浅木箱。我忽然产生了一种穿越时空的感觉。那些箱子里一定是装满了铅字。一想到这些，我不禁心里一震。

"啊，你们好。"

店主从里面露出脸来，洪亮的声音传遍店内。

"这位就是'平田铅字店'的曾外孙女吗？"

看到我，店主笑呵呵地问。

"噢，这就是平田铅字店的……"

店主拿起我带来的铅字，一个一个用放大镜看。

"平田铅字店是家大店。字形美观，品种也齐全，生意相当兴隆。对了，以前这一带铅字店和印刷厂很多的。"

"为什么呢？"

"啊，那是因为……"店主呵呵笑了，"现在的年轻人都不知道了，过去都府就在有乐町，政府机关都集中在这一带，有很多公文印刷的需求。像我们这样的铅字店、印刷厂集中在这里，是为了给政府机关印公文。都府迁移后，就几乎都没有了。"

"政府机关……原来是这样啊。"

弓子小姐点了点头。

"过去，人们很嫌弃印厂的工作，因为交货期限苛刻，经常需要连夜加班，工作又脏又累，而且铅字是铅做的，有毒……现如今，都有像弓子小姐这样清秀的小姐开印刷厂了。"店主笑了，"电脑普及后，有很多廉价的印刷厂。出版社也基本上没有使用活版印刷的地方了。但是现在又有越来越多的年轻人觉得活版印刷富有情趣。"

"是啊，上次我去看活版印刷的活动，像我这个年纪的人不少呢。"

弓子小姐说。

"都是像我这个年纪的大叔和像弓子小

姐这个年龄的人。这两者之间的年龄段，是空白。对于这个年龄段的人来说，活版印刷一定只是一种陈腐过时的东西吧。胶版印刷和DTP[1]更漂亮，更便捷，更无所不能。在这种印刷品过剩的时代出生的年轻人，对活版印刷的事情，一无所知。因此，如果你说书是像这样用如同图章的东西做出来的，他们肯定会惊讶地说，骗人，不可能。"

"上次在高中举办体验工作坊的时候，就是那样。不过，大家好像觉得很新鲜稀奇。"

"如果是一直与铅字打交道的人，只会觉得这很不可思议。什么凹陷得好，什么歪歪扭扭的有手制的感觉，在他们看来，那明明是技艺差做出的不合格的东西。书也是，因为是两面印刷，所以如果出现凹陷那是不行的，也不能歪歪扭扭，不能有杂点，这些应该是工匠最起码的本领吧。"

"是啊。"

1　英语Desktop publishing的缩写，又称桌上出版，是指在个人电脑上运用版面设计技巧来创建文档以供印刷。

弓子小姐微微笑了笑。原来是这样啊，都是自己不知道的事情。

"从前的工匠，为了能达到像现在这样的印刷水平，在铅字上做了各种努力。印刷技术肯定从一开始就是这样。不能歪歪扭扭，不能有杂点，正因为不断追求平滑的印刷，才有了现在的印刷技术。现在，印刷技术可以很廉价地使用了，无论在任何地方都可以做出类似的成品。如今，人们会觉得看到的东西都差不多，因此，年轻人开始追求手工制作的感觉，开始对活版印刷感兴趣。这真是有意思。"

店主笑眯眯地说着。

"噢，对了。这些铅字，"店主望着我带来的铅字说，"平田铅字店的铅字，现在保留下来的恐怕只有这些了。"

"真的是这样啊。"

虽然是预料中的事情，但我还是有些失望。

"好像店铺全部烧毁了吧？铅字和字模都没有留下。"

"字模？"

我问了一句。

"是啊。现在的年轻人不懂啊。"店主哈哈大笑起来,"刚才我不是说,现在的印刷,无论任何地方都是类似的成品吗?电脑里面有字体,只要把那些调出来就可以了。可是,铅字本来全部是手工一个一个刻出来的,所以每家店的铅字字形都有微妙的不同。"

"嗯,现在的印刷品也有不同的字体吧?有黑体,手写体……跟这些还不同吗?"

"手写体的文字可以印刷,是照片排版诞生之后了。使用铅字的时代,只有宋体和黑体。因为毕竟铅字有物体的重量感……"

据店主解释,文字的种类光是汉字就有七千五百种。再加上印刷品要使用各种尺寸的文字,同样一个字,有好几种字号,而且同一个字要备好几个铅字。

"一个一个的铅字虽小,可全部集中起来的话,"店主转过头去,只见铅字架一直满满当当排列到店铺深处,"也就是说,同是宋体,也有很多不同类型的字体。"

"不会是每次都要一个字一个字地刻吧?"

听我这么一问,店主又笑了。

"那当然了。所以,才有字模。那是像曲奇饼模子一样的东西。注入铅的合金,就能制作铅字,所以一家店里的文字一直都是同样的形状。用语言来解释有些困难,看着实物说可能更容易明白。"

店主打开柜台的门,招了招手,让我们进去。

"可以进去吗?我一直很想看看。"

弓子小姐很高兴的样子。

"哈哈哈,请进请进。"

店主笑着说。

从柜台外看见被称为"铅字盒"的扁木箱斜着立在架子上,里面摆着密密麻麻的铅字。

"日文使用的文字种类很多,所以铅字盒的数量也多。"

店主抽出一只铅字盒。铅字按照每个文字区分开来。与汉和辞典一样,按部首和笔画排列。我接住递过来的铅字盒,觉得相当沉。一个盒子就这么重,这个架子下面的地板一定承受着相当大的重量吧?

在电脑里,文字没有重量,没有厚度,也不是"物"。但是,铅字是有重量和体积的"物"。把这些"物"排列起来印刷,令人深感活版印刷是一种繁重的体力劳动。

"还有,这就是铸造铅字的机器。"

店主指着里屋的一台机器说。它看起来笨重又陈旧,大概是熔解放在下面的金属块来铸造铅字的机器吧。

"我们也会让印厂把长期使用磨损了的铅字拿来,熔解后再铸造,再拿到店里出售。这样可以反复铸造,是完完全全的循环利用系统。"

据店主说,由于需求减少,铸造机已经不再生产了,所以坏了也无法更换零件,只有靠自己维修保养。

"不过,以前大家都是像这样自己修理的哦。现在的机器要是出了故障,大家都会立刻联系厂家,叫人来修理,是吧?唉,一切由计算机控制的话，也只能这样了吧。实在不行，还可以再买一台。而过去的机器就很耐用。"

店主轻轻拍了拍机器，然后走到一扇小门那里。

"你们来看看吧。"店主说着，打开了小门，"这就是字模库。"

抽屉拉开了一排，里面是摆得整整齐齐的小模具。

"太厉害了，我还是第一次见到字模。"

弓子小姐出神地凝视着抽屉里面。

"这是我们店的传家宝。现在已经没有会做字模的工匠了。"

"是说这里没有吗？"

我忍不住问。

"不不，是整个日本都没有了。现在没有会做字模的工匠了，所以我一直保存着它们。不过，总有一天会消耗得不能再用……到那时，也只能关门了。"

没有工匠。因为没有需求，所以没有工匠。这也是很无奈的事情。

"过去啊,如果有人要预定这里没有的铅字……不,还有人会预定连辞典上也没有的字,像人名、特殊字之类的,这种时候,工匠就会在这里用手工雕刻。"

"用手工雕刻吗?这么小的铅字?"

我不由得叫出声来。

"是,使用放大镜,用手工雕刻的。让顾客在周围逛一逛,趁那会儿工夫,就刻好了。据说,平田铅字店刻字快是闻名遐迩的。好像是雇用了手艺高超的工匠。"

有来买铅字的人、有手工雕刻铅字的人,曾外公的商店当时一定很兴旺吧?

"现在只剩下雪乃小姐手里的一套铅字了。这样一想,真想用它们来做点什么啊。"

弓子小姐说。

"嗯。不过只有一套假名文字,能做的事有限,又不可以与其他文字混淆。"

店主走出字模库,从架子上拿来几张明信片。

"这是在各个印刷厂用活版印刷的东西。"

婚礼请柬、乔迁通知、贺年卡……各种各样的东西摆了一桌。

"这是我们店的铅字。乍一看或许很难分辨，但是比较一下就会发现字形不同吧？我们店的铅字'な'，比这边的稍微宽一些。下面的圆圈，我们店的也扁平、宽大一些。"

我聚精会神地听着店主的解释。

"真的啊。的确觉得这边的字，字面宽大一些。"

"即使字号相同，也会由于字形的差异，印象截然不同的。放在一起，会看的人一看就明白。你是要印什么东西吗？"

"啊，嗯……"

"她马上要结婚了，所以想做婚礼请柬。"

就在我支支吾吾的时候，弓子小姐在旁补充说。

"那就更要慎重了，不能给对方留下失礼的印象，所以，我不太建议你使用零散的铅字。这也许是老年人的守旧想法。"

嗯，我望着天花板。

"只有假名文字……或许有好的设计方案。不过,我们这些老古董是束手无策的。"

店主歪了歪脑袋。

在大城铅字店里待了好长时间。也是因为白天变短了,到外面一看,天已渐暗。从楼房缝隙能望见红红的天空。我和弓子小姐一起朝地铁站走去。

"今天谢谢你了。"

在站台上,我对弓子小姐说。

"了解了家史、铅字,也学到了不少东西。"

"不用谢我。我也是第一次走进字模库里,听到活版印刷繁盛时代的事情,实在是太好了。"

"是啊,那时候一定是充满了活力。"

"现在的活版印刷成了个人想精心制作的奢侈品。但是,以前并非如此。多半都是要火速完成的政府机关的工作,应该是一种更粗犷的印刷吧。"

这时地铁进站了。我坐在弓子小姐旁边,

紧紧抱着装铅字的提包。

店主说印刷厂和铅字商店的工作都是被人嫌弃的。浑身漆黑的油泥，通宵作业……典型的街道小作坊的工匠形象。这些铅字是当时的烙印。曾外婆在空袭时，拼命保护了这个铅字盒。

"虽然没有见过，据说父亲是一位很和蔼可亲的人。"外婆一边在压岁钱袋上印我的名字，一边这么说，"踏踏实实地工作，每天沉默寡言，对孩子们很温和。留着这些铅字，总觉得说不定哪一天父亲会回来，可是，最终也没有回来。"

钻进被炉，望着外婆干活，我总会不知不觉发困，很快就打起瞌睡来。在被炉里睡觉会感冒哦，外婆经常这样对我说教。

外婆是个有点另类的人，心直口快，想到什么话，立刻脱口而出。但那些话往往都是一针见血。有些人会觉得，不愿被别人触及的部分总被她一语道破。

母亲经常说外婆，"虽然没有恶意，却总

是不经思考，说一些多余的话"。

所以我妹妹好像苦于应对外婆，但我喜欢外婆。我觉得她的性格像少女一样可爱，在不善于表达自己的我看来，外婆的直言不讳让人觉得特别痛快。很多时候都是自己说不出口的话，外婆代替我说了。

我很喜欢外婆的压岁钱袋子。我喜欢把那些像护身符一样的文字带在身上。但是……这时我猛地想起上小学的时候，我带着这个袋子去上学，结果被人嘲笑的情景。

"你怎么还带着压岁钱袋？"

童年的友明的样子浮现在脑海。那好像是小学四年级的时候吧？

友明整天淘气，经常被老师批评。但是，他跑得很快，人也有趣，所以很受大家欢迎。友明周围总是有很多男生喜欢跟随他，我也有一点喜欢上了友明。上三年级的时候，有一回，我跟同班的一个男生争吵时，是友明帮我解了围。

"我说，怎么考虑都是雪乃对，你冷静点儿吧。"

你冷静点儿吧。友明一副大人的口气，让人觉得很可笑，一直僵持不下的紧张气氛，一下子缓解了。那个男生似乎也是这种感觉。

谁知……一天早上，当我想从双肩背书包里掏出课本时，外婆的压岁钱袋子一下掉到了地板上。站在附近的友明拾起来问，这是什么？

"你怎么还带着压岁钱袋子来学校？"

友明笑着说。

"那是我外婆给我的。上面印着我的名字呢。你看到了吗？这叫铅字，是过去的……"

"为什么都是平假名呢？又不是小孩子。[1]"他嘿嘿笑着，晃了晃手中的纸袋，"大家快来看啊，雪乃同学把压岁钱的纸袋带到学校里来了。"

友明大声叫着。后来的事情……我不愿再多想。外婆的压岁钱纸袋是用和纸手工制作的，上面印着铅字的字迹。

"好老气啊。"

"还是平假名呢。"

---

[1] 小学生写平假名显得幼稚，能写汉字是成熟的象征。

男生们嘻嘻哈哈地笑着,我叫着说还给我,可是他们没有还给我。女生们纷纷说,快还给人家。教室里乱成一团,正巧老师进教室了,骚乱才终于停止。

从那天起,友明就成了我的天敌。整个小学期间,从那时起,我就再也没有跟他好好说过话。

这时手机振动了。我一看,是友明的留言进来了。

"金子回复了。说请柬之事 OK 了。定好下次雪乃也一起去商量事宜。"

留言这样写道。是吗……金子答应给我们设计了。但还是觉得心里有点怪怪的,没觉得撒手不管有什么可高兴的。虽然说只有平假名什么也做不了,但我还是被铅字深深地吸引着……

"池袋到了。"

听弓子小姐一说,我恍然醒转。不知从什么时候起,车内拥挤起来。我们站起身来,随着人流下了车。站台上站着许多穿着西装与校服的乘客。我们穿过迷宫般的站内,又换乘了另一条线的地铁。我不由得想起,自己大学时代每天也都穿梭在这个车站里。

5

到川越的时候,天色已晚。我们下了车,穿过商店街。虽说开发观光地之后,这一带比以前繁华一些了,但与市中心相比,还是安静舒适得多。家在川越,上班地点也在川越,不知不觉,身体已经习惯了这种节奏。

"雪乃小姐,您要马上回家吗?"

走进一番街时,弓子小姐说。

"不,没什么特别的事情……"

"如果可以的话,要不要顺路来我家一下?我想再看看那些铅字。"

"好的,没问题。"

我也还想再跟她说说铅字的事情。母亲对

铅字不太感兴趣。那套铅字以前一直收藏在曾外婆家里的衣柜底层，是曾外婆去世后，处理房子时发现的。外婆接管铅字，是在孙子孙女们出生之后。也就是说，拿到那些铅字印的压岁钱纸袋的人，只有我们这些孙辈。母亲对此并没有眷恋之感。

弓子小姐"啪"地点亮了电灯，然后，从一只旧木箱里取出了铅字。

"压岁钱纸袋上的'ゆきの'的三个字我已经很熟悉了，但其他铅字我还没怎么见过呢。要不要印一下看看？"

弓子小姐问。

"可以吗？"

"当然可以了。活版印刷只要排好铅字就可以马上印。跟体验工作坊那时一样。"

弓子小姐拿出了排版用的工具。

"虽说要印，但只是随便排列一下的话，又觉得没有头绪。怎么办好呢？"

弓子小姐说。

"那，《伊吕波歌》怎么样？这套铅字里

'ゐ'和'ゑ'这些不常用的假名也是齐全的。"

"啊，对啊。如果是那个的话，清音符号的铅字全部可以用上。那就先只用平假名排一下试试吧。"

弓子小姐拾起铅字，按顺序排列好。

"花虽香，终会谢……"

弓子小姐嘀咕着。我也看着铅字的字面，寻找下一个铅字。

いろはにほへと　ちりぬるを
わかよたれそ　つねならむ
うゐのおくやま　けふこえて
あさきゆめみし　ゑひもせす

花虽香，终会谢。
世上有谁能常在？
凡尘山，今日越。
俗梦已醒醉亦散。

每句和每句之间有空白。由于铅字之间不能有空隙，所以要放入制造空白的夹条。每两句换一行。

"这种歌词，我记不住啊。"

耳朵里响起友明童年时的话语。那好像是二年级时，我们在课堂上学习《伊吕波歌》。那时友明跟我同桌，他根本不认真学习，总是忘记做作业，经常被老师批评。

"这种歌词又没有意思。怎么记得住啊？"

他在愤愤不平地发牢骚。

"当然有意思了。'花虽香，终会谢'，意思就是'散发芬芳花香、色彩鲜艳的花朵，终究也会凋谢的'。我外婆说的。"

听我这么一说，友明瞪圆了眼睛。

"你说什么呀？莫名其妙。"

友明沉默了片刻，然后这样说了一句，就把脸扭向了一边。

"不过，仔细一想，这个真的是太妙了。"弓子小姐说，"所有的字都用了一遍，创作成有含义的歌词。不是那么简单的。"

没错。当时谈到做请柬，说到"雪乃"和"友明"两个名字里，"き"就撞车了。背的时候虽然觉得是一首很奇怪的歌，但自己写是肯定写不出来的。

"这些就是全部了吧？"

传来弓子小姐的声音。被称为"排版用的铅字框"里整齐地排列着铅字。

排好的铅字周围还要摆上夹条和一条叫隔铅的铁板，再用螺栓把名为板框的边框固定住。最后装到印刷机上，用打印废纸的背面试印了几次。

"高度基本上均匀了。"

弓子小姐确认了印出来的纸说。

"高度？"

"铅字从背面到字面不是有一段长度吗？因此，排版后会有一定的高度。如果这些高度不一致的话……"

"印出的字迹会出现浓淡不一的情况？"

"排列时一些不易觉察的微妙差异，也会造成浓淡不一。这种时候，可以在铅字尾部贴一条胶带来调整。"

弓子小姐目不转睛地盯着印刷出来的文字。

"还有,铅字是会磨损的。在使用过程中,可能会造成缺口,但这一套铅字平假名都很完整,可能原本就是新的吧?"

说着,弓子小姐从抽屉里拿出一张明信片大小的新卡片,装了上去,然后用力拉了拉控制杆。当倒回控制杆后,白纸上印出了清晰的文字。

工整的文字笔直地排列着。与压岁钱袋上的不同,既没有洇污之处,线条也很清晰。

"字面是小码的。字体也很漂亮。"

听弓子小姐这么一说,我又看了看印好的纸。是一种流畅而纤细的字体。

"这就是……平田铅字店的铅字啊。"

我自言自语。仿佛是第一次见到,又仿佛很怀念……是一种不可思议的心情。

"这么一看,《伊吕波歌》好美啊。铅字架上的平假名,就是按《伊吕波歌》的顺序排列的哦。所以,我对这种排列很熟悉,但这样印出来再看,又有不同的感受。"

"是啊。"

我端详着纸上的文字,感叹了一声。心想,好漂亮啊。虽然只有平假名,但与"あいうえお"的平假名顺序不同,大概因为是有含义的歌词吧?

"噢,对了。"弓子小姐又说,"不同类型的平假名文字混合在一起会一目了然,但如果是汉字呢……"

"什么意思?"

"要是有与这些平假名氛围相近的汉字的话……只要找到字形与宽度相近的汉字,这些汉字本身是统一的,再和平假名混合在一起,我想是不会太显眼的。只不过……"弓子小姐看了看铅字,"一个假名只能使用一次,这一条件是不变的。"

"是啊,用这些来做请柬还是有困难吧?再说,做设计师的朋友好像也已经答应为我们设计了……"

我喃喃自言自语。印了这张《伊吕波歌》

卡片就足够了,请人家做了一张这么漂亮的卡片,铅字们也一定会很高兴的。

不过,好想让外婆看看啊。看到这个,外婆会怎么说呢?

"说不定就是因为要举办婚礼,我才想到使用这些铅字的。"

这句话脱口而出。

"就是因为要举办婚礼?"

被弓子小姐这么一问,我低下了头。

"怎么说呢?我一直是个很内向的人,属于不怎么表达自己的类型。不过,友明……"

"很喜欢交际,性格很开朗,对吧?"

听了弓子小姐的话,我猛然抬起了头。

"我听大西先生说了,他是容易带动气氛的类型。"

"是的,那是他的长处。我也觉得正因为自己是这种性格,所以才被友明的那些地方吸引吧?都已经订婚了,实际上能不能顺利发展,我有点没有自信……"

"为什么?"

"虽然我想过大概哪天我是会结婚的,可我也好不容易才习惯图书管理员的工作,以为结婚还早着呢……然而,出现了友明要去国外赴任的情况,既然这样,干脆出发前先把婚礼办了,然后一起去。友明突然就这么决定了。"

我为什么要说这些?或许是因为对方既不是家人,也不是朋友和同事,所以可以无忧无虑地说吧。不知为什么,我口若悬河。

"在国外生活,我有些不安……父母也不放心。不过,只有外婆说,放心地去吧。"

——我跟外婆的时代不同了,我也有自己重要的工作。

——工作什么时候都可以找到,但人可不是那么容易结缘的哟。而且,雪乃现在的工作真的是比什么都重要吗?你会不会只是惧怕离开这座城市?

外婆这么说着,呵呵笑了。我心里一阵剧痛。我心想,也许外婆是言中了。我被戳到了痛处。我确实想做图书管理员,也喜欢现在的工作,其实也许只是惧怕去国外,也不想离开熟悉的川越吧。

友明好像要几年都不能回日本。如果打算跟友明结婚，就随时有可能要辞去这份工作，离开川越。或者跟友明分手？

"外婆病了。医生说随时都有死去的可能。友明多次来探望外婆。外婆也很了解友明。如果和友明分手，将来和别的人结婚的话，那个人不会知道外婆的事。这么一想，不知为什么……最终，我还是选择了跟友明结婚。当我把这一消息告诉外婆之后，没过一个星期，外婆就走了。"

"原来是这样啊。"

弓子小姐说。

"对不起。我为什么说这些……"

跟不熟悉的人，说了这么沉重的话题。

"没什么。您的心情我能理解一些。"弓子小姐深深叹了一口气，"其实我也有类似的经历。"

弓子小姐低下了头，踌躇了片刻之后，讲起了自己的往事。

6

我很小的时候母亲就死了,后来我一直跟父亲两个人生活。小的时候,我经常被寄养在这个三日月堂的祖父母家里。上小学后,我又回到父亲身边,从那以后,就在横滨长大。

父亲是横滨一所私立高中的理科老师。他原本学的是天文学专业,本科时代就加入了天文学会,读完硕士后,仍积极参与学会的工作。

由于父亲是个天真烂漫的人,有的地方很孩子气,所以,他陪我玩儿的时候,我很开心。但他不会一直守在我这个孩子身边,他会把我当成一个小大人。我脖子上一直挂着钥匙,到了节假日，父亲就会把我寄养在三日月堂，他自己和朋友们去观星。

我大学毕业后，在一所普通的事务所就职，在所里结识了一个人，开始和他交往。大约过了两年，对方决定去美国赴任，这跟雪乃小姐的情况一样，我们决定结婚，然后一起去美国。

但是……当时得知父亲患了癌症。我简直不敢相信。在那之前一直没有任何症状，结果一次体检时数值显示异常，再做进一步精密检查后，发现了癌症。医生说如果不做手术，恐怕撑不了半年。我稀里糊涂地就决定做手术，并取消了婚礼，让对方先去美国。

手术基本成功了，父亲出院后重返工作岗位。但是，由于身体一直欠佳，要频繁地跑去医院。未婚夫到了美国后发来邮件："你什么时候才能过来啊？"他一定是想，父亲手术成功，而且已经又去上班了，肯定已经恢复了吧？

我跟他解释说，事情没那么简单，却没能得到他的理解。最后我们关系紧张起来，听到他说"你父亲比我更重要吗"的时候,我觉得他不能体谅我的心情,心里十分恼火……我当时也是因为满脑子都是父亲的事,所以太感情用事了吧?

一年后,父亲癌症复发了。医生说,病灶转移到多处,已经不能再手术,只剩下一年的寿命。我无法丢下父亲不管,因此和未婚夫分手了。我发出了邮件,后来就断了联系。他一定很生气吧?但那时我不想再听到他说"谁重要"的话。

父亲最初受到的打击很大,陷入了极度郁闷中。过了不久,父亲忽然不可思议地、开朗地对我说:"虽然活不长了,但还没死呢。剩下的日子,要好好地活着。"

虽然辞去了学校的工作,但他仍然继续做着一些学会的工作和高中天文社团的指导工作。当然身体不是很如意,但我想那也许是他生存的意义,所以没有阻止他。

这期间,我也不得不辞去了工作。幸好还有存款。我把存款全部取出来,尽可能守候在父亲身边。后来的日子，也许是我人生中跟父亲在一起生活得最久的时光吧？虽然两个人一直一起生活，可我既不知道父亲爱吃什么，也不了解天文学的事情。晚上，我们屡屡在阳台上一起用望远镜观星。小时候我们也这样过，可因为父亲的解说烦琐，我总是听到一半就厌倦了。现在，觉得父亲冗长的话语也成了无比宝贵的东西。

"星星是燃烧的气体，死去的人不可能变成星星。我最近想，或许那是真的。人如果望着星星，思念死去的什么人的话，那颗星星或许就是死去的那个人的灵魂。"

有一次，父亲这么说。母亲去世后不久，祖母曾经对我说："你妈妈变成了星星。"父亲听了很生气地说："怎么可能变成星星？"说完，父亲无声地哭了。看到父亲哭，我心里很害怕，也跟着哭了起来。母亲不见了，再也见不到了，事情就是如此。我惊恐万分，不停地哭泣。我回想起这时的情景。

我第一次听说，原来父亲年轻时很喜欢文

学，后来选择了天文学的道路，也是因为受到宫泽贤治的影响。事到如今，我才知道这些。我不禁惊讶地想，原来很多事情我都不知道。

父亲说，在灯光明亮的城市里不行，真想去更暗一点儿的地方，好想再去一次天文台啊。我很想带他去，但是已经太晚了。因为那时，百米远的路对他来说也已经遥不可及了。

父亲后来极度消瘦。如同按下了快进键，我眼看着他迅速衰老。刚刚六十岁的年纪，可不到半年，老得像八十岁的人。临终前看上去简直像九十多岁的老头。

父亲很怕自己消瘦，我也怕。如同死亡在步步逼近。不，不是从何处降临，而是死亡就在父亲身体里，在不断扩张。我时时感到死亡就在身边，夜里也会多次惊醒，有时很害怕，忍不住哭泣。

不知为何，我中途改变了想法。虽然是癌症把父亲逼上了死路，但它也是父亲身体的一部分。这么一想，我似乎不那么憎恨癌症了。如果换了细菌或病毒的话，也许就不会那么想了。但是，癌症是身体里的细胞演变生成的东西，它们也是父亲啊。

"就这样，癌症复发后过了半年，父亲离开了人世。对不起，跟您说起了这些，不知为什么……一说就停不下来了。"

泪水从弓子小姐的眼里流了出来。

"是我该说对不起。我不知道你家里发生过这些事……我的困惑根本算不了什么……"

我不知自己该说些什么好。外婆去世我很难受，但是，外婆已经八十六岁，已经知足了。可是弓子小姐的父亲才……而且，弓子小姐说小时候母亲就去世了。也没有兄弟姐妹。住在三日月堂的祖父、祖母也都去世了。所以，就剩下弓子小姐一个人。真的是……

"不，雪乃小姐的困惑，我很理解。最初面临赴美的问题时，我也很不安。虽然最终决定放弃了，但是，您外婆说还是去好，我也很能理解。"

"是的。所以说我一定是想得到外婆的守

护吧？曾外婆的铅字也是我想珍惜的东西。"

——你怎么还带着压岁钱袋子来学校？

友明小时候的声音又在我耳朵里回响。从那时起，我带着压岁钱袋会感到很不好意思，感到爱护外婆是一件不好意思的事情了。

"想不到雪乃小姐还挺固执呢。"

弓子小姐笑着说。

"固执吗？"

我有些吃惊。对，友明也曾经几次这么说我，真固执。可我明明从来没有坚持过自己的主张。

"雪乃小姐嘴上说自己是一个不能坚持自己的主张的人，实际上，您是一个内心很坚强，绝不会轻易妥协的人吧？"

"会、会这样吗？"

"只是不会大声说出来而已。然而，铅字的事情也是……您给友明看过这些铅字吗？"

"没有。没给他看过……我总觉得这是些老掉牙的东西，所以不好意思……"

自从那次的事件后，我一直没有和友明说

过话,一直很怕和他打交道。在大学偶然重逢时,我了解到他已经不是从前的友明了。但是,我没有再谈及过那件事,很害怕回忆起往事。自己很珍惜的东西被别人嘲笑了,一想到如果同样的事再发生,心里就害怕,所以没有说出口。

"还是给他看看的好。请柬怎么办另当别论,这些铅字肯定是雪乃小姐的一部分啊。"

我的……一部分?

我俯视着印在纸上的《伊吕波歌》。

临睡前,我给友明写了一个邮件。我说了手里有外婆留下来的铅字的事;是在空袭火灾中存留下来,如今别处都没有的字体的事;是外婆对没有见过面的父亲的思念,也是自己家族宝贵的回忆的事;以及,自己希望在婚礼请柬上能使用这些铅字的事。

虽然没有写昔日的压岁钱袋事件,但其余的事情我打算全部都如实写上。

我用手机拍下在弓子小姐那里印的《伊吕波歌》卡片,准备用附件一起发给他。我反复确认了正文后,正要按发送键,突然有些犹豫。

友明会怎么想呢？请柬是要两个人一起寄给亲友的东西，只强调自己家里的事情合适吗？而且已经委托了金子来制作……

但是又觉得不说会后悔。

确定后，我点了发送键。确认了邮件已发出后，我关掉了电脑的电源。会收到怎样的回复，我有点害怕，如同逃离现场一样，我没等他回复就睡下了。

早上，我打开了电脑，可是没有友明的回信。

自己的建议恐怕还是不行吧。已经是委托金子之后的事情，或许友明也很为难吧。今天回家后再写一个邮件道歉吧。我关上电脑，出了家门。

周六的图书馆跟平时的氛围有些不同，来了很多平时不会来的小孩子，还有一些故事会之类的活动。我忙忙碌碌，顾不上考虑友明的事，一上午一眨眼就过去了。

午休时，我收到了友明的留言，虽然很怕

看到，但还是毅然决然打开了。

　　邮件我看了。我告诉了金子，金子说他也想看看那些铅字。金子最近对活版印刷很感兴趣。我也一直惦记着这事儿。明天金子也休息，如果印刷厂方便的话，我们想去了解一下情况。

留言上这样写着。

金子也对活版印刷有兴趣？

这意想不到的话让我惊呆了。

不过，如果是这样，说不定……

本来预定明天要和友明商量婚礼事宜的，所以我请了假。剩下就是弓子小姐了。我立刻打了一个电话，回答是，如果是傍晚的话没有问题。

7

周日,我约好和金子、友明在车站前面等候。

"嘿,我以前没有来过,真是一座不错的小镇啊,有点儿像出来旅行的感觉。"

在前往一番街的路上,金子一边观赏着洋房与传统藏造土墙建筑,一边愉快地说。

"看到大西的名片后,我也对活版印刷有点儿动心。"金子边走边说,"简洁,但又很有物质的实感……跟我们制作的东西截然不同,很新鲜。怎么说呢?有手工制作的感觉,手感非常棒。"

"的确如此。"

听了金子的话，友明点点头。

"说是工作，实际上手指只留下接触鼠标和键盘的感觉。只是在电脑上操作，并没有实体。虽然可以自由地构思，但感觉好像只是在脑子里工作，而没有触感。可是大西的名片，看上去文字如同铭刻在纸上一样。让人感到纸是有厚度的立体物。我还是第一次有这样的感觉。"

纸是有厚度的立体物……很有金子特色的表达。

"当看到学长发来纸上印着《伊吕波歌》的照片，我一瞬间就被吸引了。与现今普及的任何文字都不同，有一种在看古籍书的怀旧感。反而令人感到新鲜……充满了无穷的魅力。"

听到金子这么说，我心里涌出莫名的喜悦。

刚站到三日月堂玻璃门前，友明和金子都"咕嘟"咽了一口唾沫。

"哇，太有气魄了。"

"嗯，完全超出了想象。"

两个人透过玻璃窗，张望着里面的铅字架。我按了按门铃，弓子小姐立刻出来了。

"我也刚刚回来。啊，这二位是……"

弓子小姐望了望友明和金子。

"这是马上要和我结婚的宫田友明。这位是设计师金子先生。"

"你好，我是宫田。"

"我是金子。我在大学和大西一个研究小组。他给我看了这里制作的名片，我一直很感兴趣。"

"初次见面。"

弓子小姐点头鞠了一躬。

"不过，这里真的是好有气魄啊。这就是铅字……"金子环视着周围，"虽然听说过，但是这量也太大了吧……远远超出我的想象。难道电脑里的文字全部实体化后，就会是这样吗？"

"我们厂里的只是一些基本的宋体和黑体字而已。如果电脑里的字体全部实体化了，那可就无法估量了吧。"

弓子小姐"扑哧"笑了。

"我可以看看铅字吗?"

"哦,当然可以了,请看吧。"

听弓子小姐一说,金子从架子上取下一个铅字。

"哇,好小啊。不过,很像一个完整的图章。嗯——这太酷了!文字有躯体,也有厚度与重量。太厉害了。"

金子赞叹不已。

"是的。因为铅字不只是字面部分,还有体长。而且排版时,不能有空隙。"

弓子小姐说着,给他看了板框里组好版的铅字。

"您看这一行文字有点少吧?文字与文字之间要放入这样的夹条,不能留下空隙。这里是空四,是铅字四分之一的宽度。这里要空八。"

"原来是这样啊。空四、空八,就是说,原来是有物质存在的意思吧?要塞得紧紧的才行。字与字之间的空白和行间的空隙都要放入什么东西才行啊。看上去是空白,但并不等于什么都没有。"

"所以才会很重。这间屋子的地板也有点倾斜了。"

弓子小姐笑了。

"这是?……"

友明指了指角落里的一个架子。

"啊!是排过版的铅字,像这样用线绳捆起来保存好。这边都是顾客的名片,加印时还会用。"

"是这样啊……很不错。咦,这些呢?"

友明又指了指架子上方一些细细长长的东西。

"那是装饰用的花纹边框。不是经常见到有四周用线条围起来的格子吗?"

弓子小姐从中抽出来一个,给友明和金子看。

"原来是这样。还有这样的东西啊……用电脑排版时,只要轻轻一点鼠标就可以了……这个太有意思了。活版印刷原来是这样的流程啊，我觉得自己对印刷的认知突然发生巨变了。"

金子眼睛里放着光。

"我也能使用活版印刷吗？"

听金子这么说，弓子小姐愣了一下。

"我能做一个使用铅字的设计吗？"

"但是，恐怕不能像电脑那样自由地放大缩小，或者变形。排版方法也会受限制……"

弓子小姐踌躇地回答。

"那种受限制的感觉反而有趣。像拼图似的……"

金子用兴奋不已的口吻说。

"那就用这些铅字来制作这次的请柬吧。"

友明不假思索地说。

"欸？……可只有一套假名文字……"

我不由得支吾起来。

"是啊。所以问题果然是不能用混合的手法吧？"

友明自言自语。

"是啊。"金子说，"电脑也是，文字的

字体对整体印象影响很大。粗细的协调啊，字面的大小啊，一旦有不同的形态混杂进来，就会觉得很奇怪。"

"是很微妙的事呢。总之，混合使用就没什么意义了。"

友明双臂交叉。

"我正想说这件事……我上次找到了氛围相似的铅字。"

弓子小姐说。

"氛围相似的铅字？"

金子问道。

"我上次跟雪乃小姐说了……平假名的确无法混杂，但如果是和氛围相似的汉字组合在一起呢？结果找到了非常相似的字体。我今天去把它取回来了。"

"真的吗？"

"嗯。我和雪乃小姐排版了《伊吕波歌》之后，大城铅字店打来了电话，说因为上次提到了平田铅字店，想起了一些事。电话里说，二战之后，平田铅字店的工匠自立门户了，在横滨那边开了一家店,叫常盘铅字店,在制作字模时,参考了平田铅字店的字形。那里的文字与平田铅字店有相似的风格。"

"有那样的店?"

"还说,店主年事已高,准备停业了,工具也可以无偿分给需要的人。所以,我今天上午匆匆忙忙去了一趟。"

"找到了铅字吗?"

"找到了。我把五号铅字通通要来了。不过,因为太重,我一个人一次实在拿不了,就说剩下的下次再去取。今天只拿回来这些……"

弓子小姐从提包里拿出一个包裹,解开后,里面露出了捆着的铅字。

"我想,可以先用这些试试看。跟雪乃小姐的铅字组合一下,看看如何?"

弓子小姐嫣然一笑。

"这不是很棒吗?太好了,雪乃。"

友明看了看我。我"嗯"地点了点头,望着弓子小姐。

特地跑了那么远的路……她为什么会这么

热心呢？我实在是感激不尽。

"谢谢你了。"

我对弓子小姐鞠了一躬。

"那就马上来印印看吧。"

弓子小姐笑着说。

"现在吗？"

金子一脸惊诧的表情。

"嗯，摆上铅字就可以印了。"

"这可太有意思了。"

友明跃跃欲试。

这次是汉字与假名混合的文章。但是，每个假名只能使用一次的条件不能改变。

"只是看看文字的氛围，能不能成文不要紧吧？大致摆一摆就可以了……"

友明说着，抓起了一个铅字。

"那不行。乱七八糟排列出来的文字，像在读乱码一样，太难受了。"

我反驳说。

"还是应该排列成像样的句子，那样才好判断字体有没有不舒服的地方。"

听金子这么说，友明挠了挠头说，是这样啊。

弓子小姐拿来了纸，金子和我开始构思句子。

"假名文字只能使用一次，这还真的挺难的。为了确认氛围，也要有一定的长度才行……"

金子叹息着搁下了笔。

"那就用那个好了。把《伊吕波歌》换成汉字的歌词。好像是'花虽香，终会谢'吧？如果是这个，原本就是字母歌，所以平假名不会重复的。"

友明孩子气地说。

"啊，原来如此，这个主意不错。"

金子点点头。那样的话，虽然会有不常用的假名出现，但不会重复。友明得意地笑了，一瞬间，与童年时一边背诵《伊吕波歌》一边说"这么复杂，我怎么记得住啊"的友明的脸重叠在一起。

要从凌乱的铅字里找出目标铅字，是一件

相当不容易的事情。结果,《伊吕波歌》中使用的汉字不齐全,所以成了这样:

　　　　色はにほへど　散りぬるを
　　　　わが世たれぞ　常ならむ
　　　　うゐの奥山　　今日越えて
　　　　浅き夢見じ　　ゑひもせず

　　　花虽香,终会谢。
　　　世上有谁能常在?
　　　凡尘山,今日越。
　　　俗梦已醒醉亦散。

"噢,做好了。这简直就像拼图,好开心啊。"

友明满意地笑了。

弓子小姐把铅字固定到板框里。

"要这样啊。哇,好激动啊。"

金子盯着弓子小姐的操作。

"那就印一张试试吧。金子先生,你要试

试操作吗?"

金子按照弓子小姐说的,拉下控制杆。

"嗯,还挺重的。要往下压才行。"

"可以了,差不多了。倒回来时请小心点儿,会被牵引到那边去的。"

听弓子小姐这么一说,金子慢慢地倒回控制杆。

"哦,印出来了。"

友明兴奋地叫出了声。

"氛围相当接近了吧?这么看的话,几乎没有什么不协调的感觉。"

金子凑到印好的纸上,查看着说。

"字体没有不协调的感觉。不过,汉字的线条有些细……不,是有些淡。或许常盘铅字店的铅字稍微有些低吧……"

弓子小姐说。

"有些低?"

"就是从字面到字尾的长度有些短的意思。"

弓子小姐把板框拆开,从抽屉里拿出一个像透明胶带的东西。她把胶带剪成一小段一小段，贴到汉字铅字的尾部。然后又安装到印刷机上，重新印了一次。

"稍微整齐了一些。不过还需要进一步微调……文字的字形方面应该没有问题。"

弓子小姐说。

"不错。"

金子也点点头。

"好了，就这样吧。"传来友明的声音，"活版印刷的请柬，蛮好的。就这样吧。"

我看了看友明的侧脸。真的吗？真的可以用这些铅字做请柬吗？我心里一阵狂喜。

"仅仅这样单纯排版，只会变成一张老气横秋的请柬。这里，就要看金子的本事和审美能力了。"

友明"啪"地拍了一下金子的肩膀。

"当然了，我也想做各种尝试。我会好好做功课的。"

"如果是使用这样的凸版，还可以加一些线描图案。"

弓子小姐从抽屉里取出一条薄薄的树脂板

给我们看，上面像图章一样刻着图案。

"说得对。刚才你给我们看的花纹边框，我也想用上去。嗯，做一个能让大家惊叹不已的请柬吧。"

金子深深吸了一口气。

"不过，先要构思一下文稿啊。因为要考虑到平假名只能使用一次的不变条件。"

友明困扰地笑了笑。

"如果是常盘铅字店的假名的话，混合使用是不是也可以……"

我刚这么一问，友明马上摇了摇头。

"那样就没有意思了。只用雪乃家的铅字吧，否则就失去意义了。虽然像拼图一样复杂，但那样也值得。"

这话确实像友明说的——我产生了这种奇怪的感觉。他总是这样。很有意思，很没意思，友明总是只考虑这些。所以，跟他在一起很开心，忘记了是什么时候友明的朋友曾这么说过。

友明和我决定构思文字内容，金子负责设

计。假名文字使用平田铅字店的，汉字使用常盘铅字店的，由三日月堂排版、印刷。这么决定后，我们三个离开了三日月堂。

8

友明直接来到我家,一起斟酌文字的草稿。

"说是决定这么做了,可这个……也太难了吧。"

刚考虑了还不到十分钟,友明就叫苦了。

友明突然到来,让母亲和妹妹感到十分吃惊,但用家里现有的东西总算做了一顿晚饭。父亲不在家,母亲、妹妹、友明和我,四个人围坐在餐桌旁。喝完茶,休息了一会儿,我俩立即在我的房间开始起草文字。我们在网上搜索出文例,排了一排,仔细查看。

"这种请柬,总是乱加敬称'お''ご',句尾也总是敬语的'ます''です'。假名文字是每个只能用一次,这样恐怕不行吧?"

"你不是说了吗?不用这些铅字做就没有意思了。"

我无可奈何地叹了一口气。

"说是那么说……首先我不擅长构思文章,这些事本来就应该是图书管理员雪乃小姐的工作。"

"你也太会推辞了。"

我瞪着从网上搜索的请柬范文。的确像友明说的,文中大量使用了敬称"お""ご"之类的。

"把假名'ご'都改成汉字'御'吧,汉字可以多次使用。"

我说。

"嗯,总之,也要短一点儿。文章短,字也可以少用。"

"那倒是。但会不会太冷淡,显得太失礼呢?"

"你也太……细腻了吧?"

友明嘟哝地发着牢骚,一篇一篇查看范文。

拝啓 ○○の候

皆様にはますますご清祥のこととお慶び申し上げます

このたび 私たちは結婚することになりました

つきましては 日頃お世話になっております皆様に感謝の気持ちを込めて

ささやかな宴を催したく存じます

ご多用中誠に恐縮でございますが

ぜひご出席賜りますようお願い申し上げます

敬具

敬启

在……的季节，祝愿各位日益康泰。

这次我们将举办婚礼。

平日承蒙各位的关照，为表示对各位的感谢之心，我们将举办一个小宴。

虽知正值百忙之中，仍恳请各位光临。

敬上

"这样根本不行。一行里面,同样的假名'ま''す'反复出现了三次。"

"是啊,'と'也出现了两次。下一行也是……"

"说起来,'将举办婚礼'……为什么是这么麻烦的说法啊?直接说'要结婚了'不行吗?"

"日语那么写,会让人觉得不礼貌的。"

我们试着在纸上改写了一下"我们要结婚了"。

"你看,是很清爽了,不过有点儿像广告词了吧?"

"的确……"

友明"唔——"地哀叹了一声。

"那要是写上日期会怎么样呢?日期是汉字。"

三月二十五日我们要结婚了。

"嗯,这样好像就没那么奇怪了……"

"那再把敬语'つきましては'去掉,'ま''し''は'都不可以使用了……"

"平日承蒙各位关照,这句'お'使用了两次。"

"而且'ます'也不能再用了,改掉吧。"

"'为表示对各位的感谢之心'的'ち'和'て'也已经用过了。而且这里又出现了'ます'。"

"那,'举办一个小宴'里'た'也用过了,'ささやか'的'さ'也重复了。"

"真的,那第二行的'我们'用汉字……'ささやか'也改成汉字吧。"

"不过这句最后的'ます'怎么办?能不能去掉?"

"是啊。'ます'和'です'只能使用一次,……干脆从一开头就把'结婚'去掉算了。啊——太麻烦了!"

友明把笔搁下。

"这么一想,《伊吕波歌》真了不起啊。因为是古文,所以才行得通吧?"

我看着在三日月堂印的《伊吕波歌》卡片说。

"雪乃过去就喜欢这种啊,像是和歌什么的,不愧是图书管理员。"

这个图书管理员,结婚后还不是要跟友明一起去赴任的地方?我心里不禁一阵刺痛。友明抓起桌子上的铅字。

"说起来,过去就是用这些东西做书啊。把这些排列成一页一页印刷,简直不敢相信。"

"是啊。"我也放下了笔,"上一次我跟弓子小姐一起去了银座的一家铅字店,店主让我们参观了店的内部。铅字架啦,铸造铅字的机器啦,还有字模什么的……"

"字模?"

我讲起上次从大城铅字店店主那里听来的事。

"是吗?这些铅字原来都是人用手雕刻出来的啊。"

友明意味深长地说完,又去看铅字。只见他一个一个确认着拾起了铅字。

"这些字，我记得。"

友明嘀嘀咕咕地自语着，把摆好的铅字在我眼前晃了晃。

ゆきの（雪乃）

他摆出了这三个假名的铅字。

"以前，你总是随身携带印着这些字的压岁钱袋，对吧？"

听了友明的话，我的身体一下子僵住了。

"你还记得？"

"当然记得了。"

友明说着，"呼"地吐了一口气。

"那时候，我对不起你了。"他小声说，"我一直在想，那时候，我对不起你。我很想向你道歉，可是后来，雪乃根本不和我说话。"

"因为……"

对我来说是最宝贵的东西，却被别人嘲笑了。我想这么说，可是说不出口。

"其实我知道那对于雪乃来说是很宝贵的

东西。"

友明仰望着天花板。

"那年的前一年,我奶奶死了。"

友明小声说。死了?……这么一说,我想起来了,友明的确有几天没来上学……记得老师说,友明因为奔丧请假,回乡下了。我还记得,我回家后问妈妈,奔丧是什么意思?

"我很喜欢我奶奶。因为她住在乡下,所以只在放暑假和新年时才能见到她。我奶奶很慈祥,总是笑眯眯的。我也喜欢乡下的房子。但是我爷爷很早就死了,所以那房子也要被拆掉……"

友明"呼"地叹了一口气。

"所以,看到雪乃像宝贝一样带着外婆给她的压岁钱袋,我就觉得心里乱糟糟的。老师很理解我,后来,虽然我被叫到老师那里,但老师没有怎么批评我。当时,我哭了,'哇'的一下哭了出来。"

"对不起,我什么都……不知道。"我不由得道起歉来。我那时没有察觉。"我问过妈妈奔丧是什么意思,但完全不记得了。"

"没什么。那时我们都是小孩子嘛。我也是,别的孩子的爷爷奶奶死了的时候,我也不太明白是怎么回事。"

友明笑了。他已经是大人了,我忽然这么想。虽然很多时候觉得他还是和小时候一样。这时友明的笑脸带着一丝凄凉。

"所以,雪乃外婆病情恶化时,我想,也许你会说希望婚礼延期。有一段时间,我曾经想是不是由我提出来好?"

我惊呆了。他是这么想的啊。

"不过,我没有那么做。"

友明哈哈大笑起来。

"为什么?"

"我去探病时,雪乃的外婆跟我说,带着她一起去吧。"

我猛地屏住了呼吸。

"这很像雪乃的外婆会说的话。她还说,雪乃可能会跟你乱七八糟地说一些担心的话,那孩子不够果断。"

友明笑了。

"雪乃的外婆去世时,我也想过,是不是再等等更好。或者先不举办婚礼,我一个人先去赴任地。可是,我没有那么做。"友明深深地叹了一口气,"我还是想郑重地跟大家申明——在这座城市里。而且我想带着你一起去,想现在带着你一起去。"

"现在?……"

"这么说,你可能会觉得我太任性。我能理解你,外婆刚走没多久,心情还很不稳定,在海外生活也会感到不安。你喜欢图书管理员的工作,我也很理解。但是……"

我紧紧闭着眼睛。

"第一次去国外赴任,我本人也很不安。希望雪乃能和我一起去。"

希望雪乃能和我一起去?友明那么依赖我吗?

我从来没有这么想过。

我以前一直认为友明很坚强。自己一个人什么都行。不,也许其实不行,可看上去似乎他一个人什么都行。不过……

我感慨万分。友明也有这样的时候啊，我好高兴他让我看到了他的脆弱。

"是啊。"

我没有朝友明那边看，而是自言自语了一句。

"这次因为这个请柬，我有机会调查了铅字的事情。明明都是曾外公店铺的事和家里的事，可我至今一点儿也不知道。友明的事，友明家里的事，我也什么都不知道。我们俩都肩负着许多未知的使命。"

"结婚就像启航一样吧？"

"启航？"

"在两个不同的家庭长大的两个人，分别离开自己的家，驾驶着新的船只出海。"

友明说，启航。我心里展现出一片明亮的大海。

"我也很喜欢图书馆的工作。其实可能是害怕离开这座城市吧？同时也会想到，只知道这座城市的人生是否完美？到了那边，也许会发现新的价值。所以……"

我舒了一口气。

"一起出发吧。"

说完,我看了看友明。他好像显得有些惊讶。

"好的。"友明深深吸了一口气,"一起走吧。"

听了友明的话,我点了点头。

"不过,先……"友明又拿起笔来,"得构思草稿。"

他那焦头烂额的样子实在滑稽,我忍不住"扑哧"一声笑了。

"太难了。不过文例上写着呢,其实就是'请来参加我们的婚礼'呗!干吗说得这么拐弯抹角呢?总之,彻底压缩。'我们三月二十五日结婚,设宴,请来吧'就可以了。"

"是请柬哟,这样未免太随便了。"

"开玩笑呢。我这边也是有公司领导来参加的。不过,'です''ます'不行,只能用一次。不用'です''ます'怎么结尾啊?只有减少字数了。"

  真不知能不能写出来？平假名每个字只能用一次，字面又不能让对方感到失礼。越来越没有信心。不过，两个人共同创造一件事物，令人十分愉悦。我望着友明认真的样子，这么想着。

9

第二天下班后,我带着写好的文稿,来到了三日月堂。虽然弓子小姐说短信也可以,但我还是想见面后直接跟她说。

"平假名真的没有重复呢。很不容易吧?"

草稿写好时,已经十一点多了。友明向母亲道歉后回去了。在大门口,他嘟哝地说,已经筋疲力尽,但总算完成了,所以很高兴。

　　三月二十五日
　　私達は結婚します
　　船出の時を皆様と共に迎えたく

细やかな宴へ ぜひ御来臨下さい

宮田友明 佐伯雪乃

三月二十五日
我们要结婚了
希望大家能共同见证这一启航的时刻
届时设小宴恭候 敬请各位光临

宮田友明 佐伯雪乃

"结果花了三个多小时。不过,会不会太短呢?"

"不仅会印刷一般的文字,还会配上金子先生的设计,应该没问题。而且,文笔很好哦。文字虽少,但完全可以传达出自己的心声。"

听弓子小姐这么说,我稍稍松了口气。

"那就剩写上婚礼日期和地点的仪式流程了……虽然想极力少用平假名,但怎么说也得写上'请某月某日前回复'这句话吧?这样肯定会用到请柬正文的平假名了……"

"请柬与仪程表分别印在不同的页面上,

所以会重新排版，分两次印。我想这样就没问题了。"

弓子小姐一边确认，一边在纸上记录。

"这么一说我想起来了，常盘铅字店寄的铅字，今天已经到了哦。"

弓子小姐从桌子底下抽出一个纸皮箱。

"好快啊。"

"我走了之后，他们好像马上就寄出了。来了很多跟活版有关系的年轻人，寄送也是由他们义务承担的……后来我打开一看，里面还装着这个。"

弓子小姐递给我一个牛皮纸信封。里面装着什么东西……是一沓纸。我猜测着把纸抽了出来。

"这是……"

都是一些旧的印刷品。

"据说是常盘铅字店保管下来的，全部都是用平田铅字店的铅字印刷的东西……因为我上次去时说了雪乃小姐的事，店主说不知放在哪里，找到后一起给我寄来。"

"是这样啊。太感谢了。"

"我上次不是跟您说过吗，常盘铅字店的老店长创业时，参考了平田铅字店的铅字。据说，老店长从各处收集了用平田铅字店的铅字印刷的东西，一直珍藏着。他说那些铅字端正、刚毅，体现了平田先生的品格。"

这就是曾外公的铅字印刷的文字啊。我一页一页翻看着发黄的印刷品。古文的旧假名，古色古香的文本，里面还有婚礼请柬。

"请拿回去吧。这是送给你的。"

弓子小姐呵呵笑了。

"可以吗？"

"当然可以。因为常盘铅字店的店长说希望这样。"

"那太感谢了。"

我把印刷品温柔地抱在怀里。

"弓子小姐给我讲了许多铅字的事情，还带我去了铅字商店……实在感谢。我觉得第一次知道了自己的家史……而且，昨天在构思文案时，也觉得好像比以前更了解友明了。也很期盼……去国外了。"

"那太好了。"

"多亏了弓子小姐，都是因为跟弓子小姐说了才……"

说到这里，我哽塞了。弓子小姐父亲的事从脑海里掠过。

"不，我也……能跟雪乃小姐说出了心里话，觉得太好了。我还是第一次跟别人讲了那么多父亲的事情。"

弓子小姐"嗖"地吸了一口气。

"父亲也……说过一次，'不一起去能行吗？你还是去吧'。当我说'还是不去了'的时候，父亲露出了释然的表情。之后就再也没问什么了。不过,最后他说'对不起你了'……虽然守在他身边并不能怎么样，但有我在，父亲很安心，我感觉到了。所以，我想，这样就挺好。"

弓子小姐抬起了头。

"与父亲在一起度过的日子，对我来说，是很宝贵的时光。我了解了许多以前不知道的事情。有一天，望着星星，父亲说：'一生要是能发现一颗新的星星就好了，哪怕就一颗也好啊。'他说，那是他的梦想。我想，不愧是父亲啊。他又说：'可以给新发现的星星起名字。我很想用你妈妈的名字命名，就叫加奈子。'加奈子是我母亲的名字。"

弓子小姐很小的时候母亲就死了……弓子小姐的父亲一定很爱她的母亲。

"'这样那颗星星就会成为加奈子之星了吧？妈妈之星。望着天空，妈妈之星永远都会在那里。'父亲说完，又望了望天空。"

弓子小姐望着远处。眼角浮出晶莹的泪水。弓子小姐的视线前方，有一个什么东西闪了一下。钥匙圈。是星星钥匙圈挂在墙上。

"能为父亲送终，我没有什么后悔的了。和未婚夫的事……最终还是断掉了关系，所以我觉得是没有缘分。父亲死后，剩下我一个人的时候，我很害怕，觉得自己要一个人孤苦伶仃了。就在这时候，税务师提出这座房子的事。"

"这座房子……"

我环视了一下屋内。

"这里是五年前祖父母相继去世后父亲继承的家业。一直空着不太好,也有人建议是否考虑出售。但父亲还没有下决心就病倒了……我来看房子,是父亲去世后由我继承这里之后的事。来到这里一看……我感到很释然,如同被祖父母拥抱着一样……于是,我决定暂时住下来。"

"原来是这样啊。所以继承了印刷厂?"

"最初我在阿春姐那里做临时工,但也很想再开动一次印刷机。开始是因为阿春姐求我为她做信笺套装。后来,阿春姐好像在各处为我做宣传,所以顾客一点点多起来……本来由于修炼不到家,还有很多不明白的事情。不过,跟顾客一起不断摸索,渐渐开拓了可能性……"

弓子小姐呵呵笑了。

"很多事情是顾客教给我的。最初,门口的玻璃门里面挂着窗帘,顾客告诉我把窗帘摘掉,让外面的人能看到里面;梧桐文化节的时候，有人建议举办体验工作坊，通过实际接触铅字，大家感受到活版印刷的魅力……我想，啊，就这样，和顾客一起摸索着渡过难关吧。"

"是啊。"

我想起昨天与友明的对话。

"是祖父又一次让这家店对外敞开了大门。"弓子小姐说。

"我很理解。是啊，是过去的一切守护着我们，而且又把我们推向了新的起点。"

听我这么说，弓子小姐点了点头。

"太好了，真是太好了。恭喜您了。'启航的时刻'这句话很有寓意，我觉得自己也受到了鼓励。你们一定会办成一个圆满的婚礼。我也要尽快把请柬印出来。"

"拜托了。啊，还有，这次的事让我想到，偶尔也有必要诉诉苦。"

"欸？"

"正因为有弱小的一面才能把自己和别人连在一起吧？我觉得，能听弓子小姐讲述父亲的事情，非常及时。"

我想，这个人一定也很固执，和我一样。

不是要强，而是害怕说出口。

但是……并非讨厌别人，也不是想孤身一人。

"是啊，谢谢你。"

弓子小姐微微笑了笑。阳光照在钥匙圈的星星上，亮晶晶的。

10

两个星期后,金子的设计方案出来了,在三日月堂排好版后就可以印刷。金子说,排版时希望自己也能在场,于是我们决定陪他一起去。

请柬是横排,横的长方形,朝上翻开。上半部是我们的致辞,下半部印着婚礼的仪式流程。

金子开始想使用花纹边框,但勉强加上,会显得土气,结果好像还是放弃了。代替的方案,是在下方放上了一只小船的剪影和波浪。

排版、试印,调整位置。由于金子也是第一次做,没有经验,所以编排在摸索中进行着。

而且铅字的高度也需要调整。在铅字尾部贴上胶带,反复尝试了数次。

忙着忙着,友明到了。大西和川越物流公司的阿春姐他们也都来了,三日月堂里变得十分热闹。反复调整之后,要印刷了。瞬间,大家都安静下来。

从前三日月堂是什么样的呢?我想起店铺前面广告牌上的三日月堂商标,新月上那只乌鸦的剪影。印出来的文字如同影子。即使主体不在了,影子也会继续留在这个世上。弓子小姐一定也是被这些影子守护着。

"这个太棒了。跟宴会厅'山樱'的气氛也十分吻合。作为三日月堂的宣传,让'山樱'他们营销一下吧。"

阿春姐看着打样说。

"致辞也写得不错。平假名一个字只能用一次,要说明一下理由吗?"

"是的。准备用另外一页纸简单写写,夹在里面。"

我说。

"干脆不写更好。当天在会场上说明或许更浪漫呢。"

友明说。

"不过,这样的婚礼请柬很少见吧?可能人家会想,这是什么呀?"

"会吗?充满谜团可能更有趣吧。"

金子说。

"这只小船和波浪也好可爱。跟其他的请柬不同,也挺好的。"

阿春姐悠然自得地说。小船和波浪是金子构想后放上的。由于有了这些装饰,请柬整体洋溢着一种十分惬意的气息,恰如一种即将启程奔赴远方的感觉……

——是祖父又一次让这家店对外敞开了大门。

弓子小姐这样说过。我也要远行了。和友明一起,去看看外面的世界。

我一边望着请柬,一边深深吸了一口气。我又想起外婆往压岁钱袋上印铅字时的手。除夕夜,我们去外婆家住,一起钻进被炉,看着外婆印孙辈们的名字。

耳边又回响起外婆一边往纸袋上印铅字,一边逐个念叨着孙辈们名字的声音。

"放心地去吧。"

仿佛听到外婆这么说。我凝视着铅字。

宝贵的东西永远都在我心里。所以,放心吧。无论到哪里,我就是我。所以,放心吧。

"我走了,外婆。"

我在心里这么自语着。

译后记

珍藏回忆的使命

周龙梅

人生一回,谁都会有许多难忘的回忆。父母、恩师、挚友、恋人、兄弟姐妹、儿女子孙……难忘的回忆往往不仅仅是甜美幸福的,恰恰是那些辛酸苦涩、悲伤痛苦的回忆,更令我们刻骨铭心。

人们都对自己人生很重要的人怀有深切的怀念与珍贵的回忆。即使那个人不在了,也还是情不自禁地会去努力维系与这个他人无法代替的、最爱的人的纽带(关系)。

人们像极力要挽留宝贵的生命一样,努力想留住日渐模糊的回忆。可怎样才能牢牢留住这些宝贵的回忆呢？

记录和留住回忆有种种方式，撰写回忆录、制作影集、编辑录音录像等。现今有复印机等方便的机器，只要使用现代技术，便可以将回忆详细准确地刻录下来。

这本小说描述的是利用活版印刷，记录主人公们珍贵回忆中一个个发人深省和亲切感人的故事。

十五世纪后叶，德国人约翰·古登堡发明了金属活版印刷术。在活版印刷术发明之前，人们只有依靠手写或雕版印刷书籍。雕版印刷是在一块块木板上面刻上所有的文字，是漫长烦琐、艰辛劳神的作业。由于活版印刷的发明，世界可以广泛向更多的人传播知识了。

金属活版印刷技术有五百多年的历史，距今并不算久远。直到二十世纪八十年代，图书仍然采用活版印刷。现如今，DTP现代化技术发达，排版全部在电脑上操作。随着历史发展的潮流，活版印刷渐渐从人们的视野和生活中消失了。

小说"活版印刷三日月堂"系列描述了经受着各种人生风浪的主人公们，虽然遍体鳞伤，却又真实可爱，在痛苦和绝望中重新振作起来，勇敢地迈向希望的明天。作品袒露了人内心深处脆弱无力、迷茫忧虑的真实一面，同时描写了他们顽强不屈的心灵成长。故事的主线是活版印刷，围绕这一线索，穿插了一串串晶莹璀璨的短篇插曲。连缀的故事描写了人间世态和心灵的碰撞，鼓励处于人生低谷的少年、年轻女性、中年人等等，要想改变自己，需要机遇，更需要勇气，只要向前迈出一步，就会迎来美好的明天。同时，不能忘记感激父母和恩人们，因为有了前人扎实的铺垫和辛勤的耕耘，才有了我们去正视世界的勇气和力量。

"用活版印刷留下回忆"，绝非一件轻松愉快的作业，要带着隐隐作痛的创伤，一个字一个字地用心来编织。可以说，这些故事能够成为男女老幼迷茫时的心灵指南。

这些故事令人共鸣的地方在于，人生中有些是我们不应也不能忘却的回忆，即使很痛苦。

深深牢记珍惜昔日情，大胆追求开拓明日梦。

其实，我们每个人都担负着珍藏回忆的使命。

下次回家探亲，一定要为母亲制作一本纪念影集。

*译文录入过程中，得到张璐和荀晓峥二位的鼎力协助，特此感谢。

图书在版编目(CIP)数据

星星的书签 / (日) 星绪早苗著;周龙梅译. -- 北京:北京联合出版公司, 2023.9

(活版印刷三日月堂)

ISBN 978-7-5596-6990-2

Ⅰ.①星… Ⅱ.①星… ②周… Ⅲ.①长篇小说 – 日本 – 现代 Ⅳ.①I313.45

中国国家版本馆CIP数据核字(2023)第107515号

KATSUBAN'INSATSU MIKADZUKIDŌ —HOSHITACHI NO SHIORI
by SANAE HOSHIO
Copyright © 2016 by SANAE HOSHIO
All rights reserved.
Originally published in Japan in 2016 by POPLAR Publishing Co., Ltd. Tokyo.
Simplified Chinese translation rights arranged with
POPLAR Publishing Co., Ltd.
through Bardon-Chinese Media Agency, Taipei.

星星的书签

作　　者：[日] 星绪早苗
译　　者：周龙梅
出 品 人：赵红仕
特约编辑：高继书　魏舒婷
责任编辑：牛炜征
选题策划：采芹人文化　胡　桃

北京联合出版公司出版
(北京市西城区德外大街83号楼9层　100088)
北京联合天畅文化传播公司发行
北京美图防有限公司印刷　新华书店经销
字数131千字　787毫米×1092毫米　1/32　11印张
2023年9月第1版　2023年9月第1次印刷
ISBN 978-7-5596-6990-2
定　　价：56.00元

版权所有，侵权必究
未经书面许可，不得以任何方式转载、复制、翻印本书部分或全部内容。
本书若有质量问题，请与本公司图书销售中心联系调换。
电话：(010)64258472—800

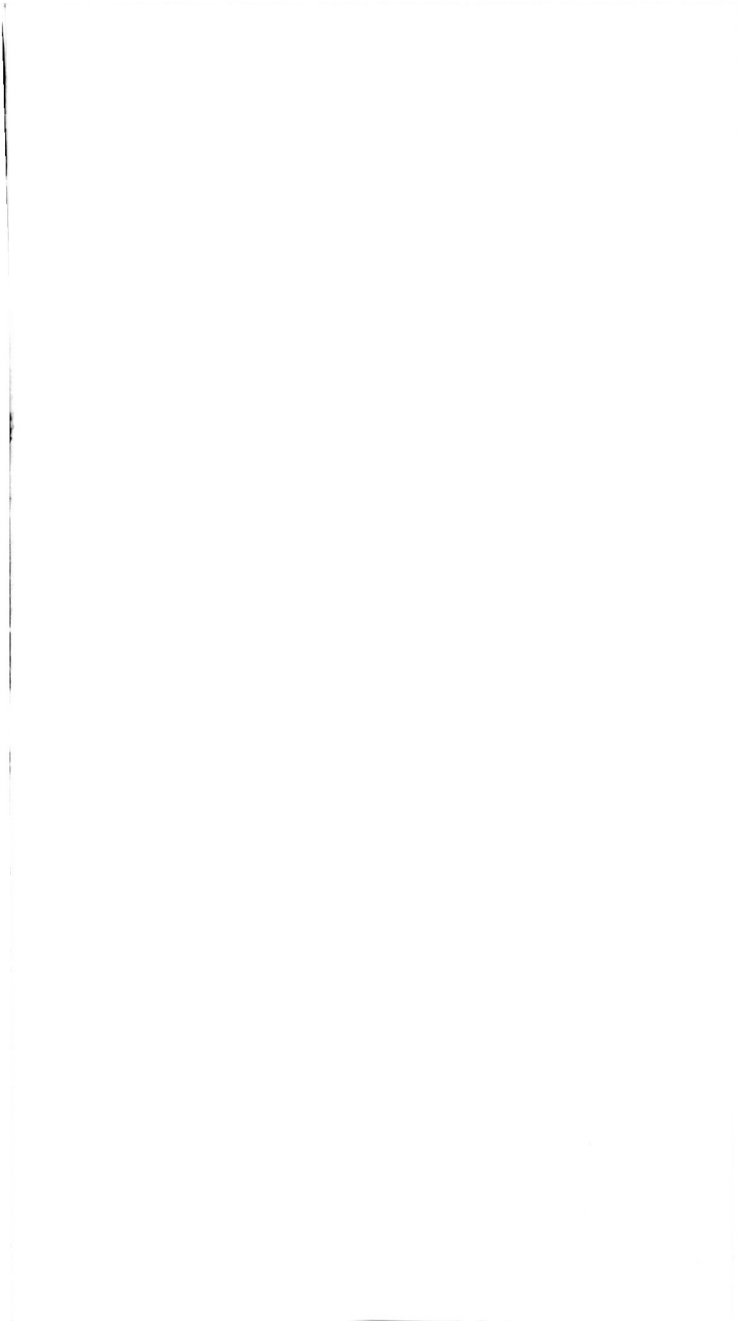